처음
연애

처음
연애

초판 1쇄 | 2021년 7월 25일

지은이 | 김종광
디자인 | g design
편 집 | 박일구
펴낸이 | 강완구
펴낸곳 | 써네스트
출판등록 | 2005년 7월 13일 제2017-000293호
주 소 | 서울시 마포구 망원로 94, 203호
전 화 | 02-332-9384   팩 스 | 0303-0006-9384
이메일 | sunestbooks@yahoo.co.kr
ISBN 979-11-90631-26-6   03810   값 12,000원
© 2021 김종광

처음
연애

김종광 옴니버스 소설집

씨네스트

차례

코로나 연애/ 5

징검돌/ 20

삶은 달걀/ 38

고향 가는 길/ 55

삼각관계/ 60

집중호우/ 92

소나기눈/ 110

등산/ 126

고백/ 144

방갈로/ 158

편안한 잠/ 175

월드컵/ 190

헤어지자, 우리/ 207

작가의 말 · 1318의 사랑 역사/ 222

재출간 작가의 말/ 239

코로나 연애

　미윤과 성빈은 한국에서 월드컵이 열렸던 해(2002년)에 태어났다. 둘은 걸음마를 뗄 때부터 짝꿍이었다. 성빈네와 미윤네는 50미터쯤 떨어졌다. 성빈외할머니는 일 나갈 때 아이를 미윤네에 떨궈놓았다. 미윤엄마도 농사일로 바빠 애들 둘이 노는 것을 반겼다.

　그 마을에 아이는 둘밖에 없었다. 둘은 놀이방, 유치원, 초등학교를 같이 다녔다. 둘은 남매 사이로 오해받곤 했다. 둘이 노는 모습이 미윤이 누나 같았고 성빈이 동생 같았다. 성빈은 미윤의 그림자 같았다. 미윤이 시키는 일이라면 뭐든지 했다.

　학원은 같이 다닐 수 없었다. 미윤은 피아노·미술·보습 학원에 다녔지만, 성빈은 학원은 꿈도 못 꾸었다. 미윤이 학원가 있는 시간이 성빈에겐 참 길었다. 엄마, 아빠는 얼굴도 모르고 기다려본 적도 없었다. 학원차에서 내린 미윤은 성빈을 덥석 안아주었다. "우리 성빈이 누나 많이 보고 싶었어? 오늘은 뭐하고 놀까?"

미윤은 성빈을 상대로 태권도를 복습하곤 했다. "넌 돈 없어서 학원도 못 다니잖아. 내가 가르쳐줄게."

"나한테 스트레스 푸는 거지?"

미윤은 실컷 때리고 성빈은 고스란히 맞았다. 성빈은 미윤에게 맞는 게 쾌했다. 어떤 때는 더 맞으려고 미윤의 성미를 짐짓 건드렸다.

한 몸처럼 가까웠던 둘은 시나브로 해와 달처럼 멀어졌다.

미윤은 늘 반장이었고, 각종 특기반, 학습반, 체육동아리의 리더였다. 전교생 50여 명이었던 초등학교에서 가장 바빴다. 미윤이 없으면 학교가 돌아가지 않았다. 미윤은 부모님 차로 등교했고, 학원 하교는 점점 늦어졌다. 미윤과 성빈 단둘이 있는 시간이 없어졌다.

학교에서도 얼굴이나 보았다. 거의 모든 애들이 미윤을 졸졸 따라다녔다. 남자애고 여자애고 미윤의 배꼽친구를 시기하고 질투했다. 갖은 방법으로 성빈을 괴롭혔다. 성빈은 창

피해서 내색하지도 못했다.

"앞으로 성빈이 건드리는 놈은 맞는다."

미윤이 알아차리고 애들을 혼내주었다. 더는 괴롭힘을 당하지 않았지만 철저히 왕따 당했다. 성빈은 미윤에게 다가가지 않았다. 미윤이 배꼽친구를 챙기느라 위신 떨어지는 게 싫었다. 미윤아, 넌 여왕처럼 살아. 나 같은 건 신경 1도 쓰지 말고.

전교생 100여 명인 중학교에 가서도 마찬가지였다. 미윤은 주요 임원을 도맡았고, 특기체육부인 유도부와 배구부의 주전이 되었다. 그 밖의 모든 일에 미윤이 중심에 있었다. 미윤이 없으면 학생행사·활동이 진행이 안 되었다.

중학생 성빈은 왕따를 면하게 되었다. 컴퓨터와 휴대폰과 인터넷이 하나로 묶인 스마트폰. 아이들이 스마트폰에 푹 빠져 왕따를 괴롭힐 시간도 부족해진 덕분이기도 했지만, 성빈이 존재감을 드러냈다.

성빈은 중1 때, 공모전에서 처음 입상했다. 충남학생문학상에서 장려상을 받았는데 장학금이 10만원이었다. 글 잘 쓰는 아이로 인정받자 아웃사이더 대접을 받았다.

스마트폰 검색도 귀찮아하는 친구들은 궁금한 게 있으면 성빈에게 물었다. 선생님도 갑자기 생각이 안 나면 성빈에게 물었다. 막힘없이 대답했더니, '지식인' '에이아이'라는 별명을 얻었다. 책벌레라고 부르는 아이들이 더 많았지만.

시골 중학생도 학원에 다녔고, 스마트폰 게임을 사랑했고, 소셜네트워크 소통을 했다. 학교에 멋진 도서관이 있었지만 이용자가 있기 힘들었다.

성빈은 청라중에서 유일하게 스마트폰이 없었고, 유일하게 학원에 다니지 않았다. 학교도서관을 독차지할 수 있었다.

중3 10월, 미윤이 도서관에 찾아와 불쑥 말을 걸었다.

"책 없었으면 어쩔 뻔했냐? 너 같은 애는."

성빈은 얼굴이 뜨거워졌다. 미윤이랑 단 둘이 있어본 게 몇 년 만인지 기억도 안 났다.

"안녕, 오래만."

"웃긴다. 수업시간에 만날 보면서. 여기는 원래 이렇게 사람이 없어?"

"원래 책 읽는 사람은 4퍼센트래. 100명 중에 4명."

"나머지 세 명은 어디 있는데?"

"책을 꼭 도서관에서 보나. 나야 책 살 돈이 없으니까 여기서 보는 거지."

"너 여기 있는 책 다 읽었어?"

"말 되는 소리를 해."

미윤이 나도 아는 책이 있다는 투로 물었다. "너 『처음 연애』 읽어봤어?"

"읽어 봤어." 읽은 책을 물어 봐줘서 고마워. 모르는 책을 물었다면 책벌레 체면이 심히 깎였을 테다.

"재미 있어?"

"재미라는 게 사람마다 달라서. 꼰대들은 좀 재미있어할 것도 같아. 우리세대는 4퍼센트나 이해할 걸."

"재미없다는 거네."

"할배할매 아빠엄마 삼촌이모 들 중고등학교 때 연애한 얘기라 우리세대가 이해하기 힘든 구석이 있다는 거야."

"로맨스면 재미있는 거 아냐?"

"사실은 로맨스를 가장한 역사이야기라."

"뭔소리임?"

"4.19혁명, 전태일열사분신, 민주화운동, 노동자대투쟁, 서울올림픽, 아이엠에프, 월드컵 이런 역사적 사건을 배경으로 중고등학생이 연애하는 얘기야. 내 생각엔 작가가 연애를 빙자해서 역사강의를 하고팠던 듯."

"그래? 대통령할아버지 자살한 것도 나오고 세월호도 나오고 촛불도 나오겠네. 문재인대통령이랑 김정은 만난 것도 나오고."

노무현대통령이 스스로 목숨을 끊은 것은 일곱 살 때 (2009년)이었고, 세월호 참사가 일어났던 것은 열두 살 때

(2014년)였고, 촛불로 뒤덮인 광장을 티브이로 본 것은 열다섯 살 때(2017)였다. 2018년 남북정상회담은 불과 이태 전 일인데도 까마득했다. 고1때면 내가 제일 힘들었을 때잖아. 다른 것은 모르겠고 남북관계는 좋아졌으면 좋겠다. 그래야 성빈이 군대 가도 안심하지.

"안 나와. 그 책이 13년 전에 나온 책이거든. 20세기 역사만 담은 거지. 21세기 처음 연애를 쓰겠다고는 공약했다는데, 기약 없나봐."

"좀 읽혔나? 제목에 '연애' 들어갔으니까 멋모르고 읽은 애들 좀 있겠는데."

"내가 보기엔 제목이 문제였어. 나 같은 4퍼센트는 알아서 두루 읽지만, 어쩌다 읽는 애들은 샘이나 부모님이 추천하는 책을 볼 거잖아. '연애' 들어간 책을 어떤 샘, 어떤 학부모가 권하겠냐. 그 제목 달고 출판된 게 용하다."

"네가 보기엔 좋은 책인가?"

"재미와 마찬가지로 좋은 책인가도 사람마다 다르지. 근데 그 책에는 심각한 문제가 있어."

"독도 문제?"

미윤이 나름 유머를 날렸지만, 성빈은 웃지 않았다.

"모든 청소년이 연애를 갈망하는 것처럼 써놨어."

"그게 왜?"

"너, 누구랑 연애하는구나?"

하고 보니 미윤은 연애를 못해 봤다. 작업 걸어온 녀석이 다섯은 되고 사귀자고 고백까지 해온 녀석도 셋은 되지만, 다 거절했다. 바빠서 연애할 시간이 없었다. 마음에 차는 녀석도 없었다.

미윤이 대꾸를 하지 않자, 성빈이 이었다. "내 말은 모든 청소년이 연애하고픈 거 아니라고. 나처럼 연애에 관심 1도 없는 청소년도 있다고. 이성에 관심 가질 시간 있으면 그 시간에 책을 한 권 더 보겠어."

너만 그래? 나도 연애 관심 1도 없는 여자거든. 미윤은 속말을 감추고 농담했다. "이성 보기를 돌처럼 본다? 최영 장군 코스프레?"

성빈은 무슨 소리인지 알아들었지만 딴청을 피웠다. "근데 네가 그 책을 어떻게 알아? 그거 교과서에 나오는 소설도 아닌데."

성빈은 사실 좀 놀랐다. 미윤이가 다 잘하지만 책하고는 장벽 쌓은 소녀였다. 미윤이 그런 듣보잡 책을 안다는 게 이상했다.

"어제 무슨 팟캐스트에서 주워들었어. 『처음 연애』가 특이한 청소년소설이라고 떠들더라고. 내 정신 좀 봐. 나도 너한테 상담받으러 왔어. 너 애들한테 상담해준다며?"

"상담해준다기보다 들어주는 거지. 애들이 자기 말을 진득하니 들어주는 사람이 없잖아. 나라도 들어주는 거야. 너처럼 훌륭한 애가 뭐가 문젠데?"

"나도 실업고 가려고. 근데 부모님이 결사반대를 하네."

"당연하지. 정보과학고는 나처럼 사연 있는 애들이 가는 거잖아."

청소년들이 스마트폰을 사랑하고 소셜네트워크로 소통한다고 해서 윗세대와 크게 다른 삶을 살 수는 없었다. 어른들이 설계도처럼 짜 놓은 길을 가야 했다.

미윤은 학교와 동네가 발칵 뒤집히도록 요란을 떨었지만, 결국 인문계 고교로 진학했다. 대학 가고픈 마음이 없었던 미윤에게 대학입시학원 같은 고등학교는 견디기 어려웠다. 미윤은 시험공부를 열심히 하지 않았고, 각종 수행평가에도 불성실했다. 성적표가 4, 5등급으로 도배되었다. 초·중학교 때 퀸은 그저 공부 못하는 여고생으로 평범해졌다.

성빈은 정보과학고로 진학했다. 고교에서도 책만 읽었다. 특별히 공부하지도 않았지만, 성적표는 온통 1등급이었다. 글쓰기를 알바처럼 했다. 엽서시문학공모전이란 사이트에 들어가면 온갖 정보가 있었다. 시, 수필, 독후감, 소설 가리지 않고 썼다. 백일장도 찾아다녔고, 무수히 응모했다. 상금으로 스마트폰도 사고 요금도 냈다. 아무리 가난하고 아무리 소셜네트워크 소통에 무심한 청소년이라도 스마트폰 없이는 숨쉬기 어려운 세상이었다.

성빈은 외할머니에게 짐이 되고 싶지 않았다. 그건 핑계고, 와이파이도 안 되고 컴퓨터도 없는 외할머니집은 지옥이나 다름없었다. 학교 아니면 시내 도서관에 있었고, 독서실에서 잤고, 삼각김밥과 컵라면으로 끼니를 때웠다.

미윤은 어느 날 무슨 계시를 받듯 힙합에 빠졌다. 꿈이 생겼다. 래퍼! 랩의 세계로 뛰어들자 세상은 다시 빛났다. 무의미하던 들판이 좋은 가사와 리듬이 살아 숨 쉬는 오선지로 보였다. 학교를 왜 다녀야 하는지 알 수가 없었다. 학교 다니는 시간이 아까웠다. 모든 시간을 노랫말 쓰고, 노래 연습하는데 바치고 싶었다.

미윤은 간청했다. 최선을 다하라며? 성공한 뮤지션 중에 학교 제대로 다닌 사람 별로 없다고. 그냥 아이돌 된 줄 알아? 쟤들은 그거에 올인한 거라고. 다른 애들 1등급에 올인한 것처럼. 나도 목숨 걸고 해보겠다고. 믿어주세요, 엄마 아빠!

20세기 부모도 자식 고집은 꺾지 못했다. 21세기 농촌 부모는 딸의 소원을 응원하기로 했다. 미윤은 고2 여름방학에 자퇴했다. 아버지가 창고를 아담한 작업실로 꾸며주었다. 아버지는 최고급 컴퓨터와 각종 작곡 장비와 프로그램도 사주었다. 서울 기획사를 찾아다니며 오디션을 보았다. 하도 떨어지기만 하자 일주일에 이틀씩 레슨을 받았다.

2020년, 코로나19가 왔다.

미윤은 서울에 갈 수 없었다. 생짜 집에만 있게 되자 시간을 주체할 수 없었다. 이래서 학교에 다니란 거구나!

성빈은 학교에 갈 수 없었다. 도서관도 독서실도 문이 닫혔다. 컴퓨터도 없고 와이파이도 안 되고 책도 없는 외할아버지댁에 갇혀 살게 되었다. 이런 날이 올 줄 알고 다운 받아놓은 것은 아니지만, 스마트폰에 저장된 소설이 아니었다면 진작에 미쳤을 것이다.

성빈은 범산 수리바위에서 초록 새싹으로 물든 들판을 내려다보았다. 스마트폰으로 소설 읽는 것은 눈이 너무 피로했다. 종이책이 몹시 그리웠다.

숲속에서 랩소리가 점점 가까워졌다. 미윤이었다. 걸그룹 맴버 같았다. 목소리는 몰래 들었지만, 자태를 본 것은 얼마 만인가.

"잘 하는데! 곧 티브이에서 보는 거야?"

"아직 멀었어. 두 번만 떨어지면 100번 채워."

성빈도 공모전에 투고하면 열 번 중에 일곱 번은 입상도 못했다. 떨어질 때마다 아팠다. 공모전과는 비교할 수 없이 대단한 오디션에 98번이나 떨어지다니. 얼마나 아팠을까. 그렇게 떨어지면서도 포기하지 않는 미윤이 대견했다.

둘은 바위에 나란히 앉았다. 성빈은 얼굴이 뜨겁게 달아올랐다.

둘은 한동안 아무 말도 못했다. 대화를 한 지가 하도 오래돼서 무슨 말을 어떻게 해야할지 어색했다. 3월 풍경 속을 비둘기, 참새가 날아갔다. 새들은 코로나19를 비웃는 듯했다.

미윤이 불쑥 물었다. "온라인으로 강의한다며? 대책이 있어?"

"대책이 없지. 면사무소 주민센터 알아보려고. 거기는 와이파이 될 테니까 스마트폰으로 들어야지."

"우리동네도 와이파이 되는 데 있어. 노트북, 데스크탑 다 있다던데."

성빈도 알고 있다. 그곳이 어디인지.

미윤이 강조했다. "내 작업실."

미윤은 알까. 성빈은 미윤의 작업실 밖에 숨어 있고는 했다. 방음벽을 설치했다지만 미윤의 이채로운 목소리가 조금은 들렸다. 아주 조그맣게 들려도 상관없었다. 성빈의 가슴 속엔 증폭기가 있었으니까.

"부탁하고픈 마음은 굴뚝같지만."

"왜 못하는데?"

"그러니까……우리가 이제 어린애도 아니고……다 컸는데."

"이제 여자가 돌처럼 안 보이나?"

성빈은 얼굴에 불이 난 듯했다. 큰 소나무 아래 녹지 않는 눈덩어리를 발견했다. 바위에서 뛰어내렸다. 눈덩어리에 뺨을 부볐다.

미윤이 랩하듯 부탁했다. "나 공부 가르추삼. 검정고시 쳐야함."

"네 부모님이 허락하실까."

"뭐가 걱정인데? 너 나 이겨? 나한테 맞고 큰 게."

미윤의 엄마는 기가 막혔다.

"뭐? 단둘이 한 방에 있겠다고? 다 큰 녀석들이?"

"방이 아니라 작업실. 같이 공부하겠다고. 성빈이는 노트북과 와이파이가 필요하고, 나는 과외선생이 필요하다고."

"누가 학교를 그만두랬어!"

"코로나 올 줄 알았으면 안 그만뒀지."

엄마는 혀를 차면서 허락했다.

"아휴, 이놈의 코로나. 별꼴을 다 보게 하네."

미윤과 성빈은 아주 어릴 때처럼 단둘이 한 공간에 있게 되었다.

성빈은 오전 10시에 미윤의 집으로 갔다. 미윤은 노랫말을 지었다. 성빈은 온라인강의를 듣고 과제를 했다. 강의는 별로 들을 게 없었다. 선생들은 성의없이 몇 마디 하고 숙제를 잔뜩 내주었다.

"너 대학 갈 생각이구나. 너무 열심히 한다."

"가야지. 고등학교만 나와도 되는 대한민국이 아니잖아. 너도 대학가야돼. 고등학교는 안 다녀도 대학은 다녀야 해. 대학 안 나온 뮤지션은 성공 못할걸."

"어쭈 뮤지션까지 아는 척하네."

"책에 다 써 있어."

차차로 미윤이 얘기만 하고, 성빈은 듣기만 하는 쪽이 되었다.

성빈이 할 수 있는 얘기는 뻔했다. 책에서 읽은 얘기. 그런 얘기는 미윤을 화나게 했다. "너는 똑똑하고 난 무식하다 이거지? 그런 걸 왜 알아야 돼?"

미윤은 평범하지 않은 학창시절을 보냈고, 희귀한 청소년기를 보내고 있었다. 할 이야기가 무궁무진했다. 학창시절 얘기는 성빈도 대강 아는 바지만, 자퇴 이후 얘기는 청소년소설보다 재미있었다.

"네가 참 별의별 인간을 다 만나고 별의별 일을 다 겪었구나."

그렇게까지 해서 래퍼가 되고픈 까닭을 묻고 싶었지만 꾹 참았다. 미윤에게는 들어줄 친구가 필요할 뿐이다.

미윤의 엄마가 가끔 물었다. "너네 아무 일 없었지?"

"밖에서 계속 감시하면서 뭘 걱정하셔. 엄마, 성빈이는 진짜 최영 장군인가봐. 내가 여자로 안 보이나 봐."

"네 눈엔 성빈이가 남자로 보이냐?"

"몰랐어? 나, 성빈이 좋아해. 데릴사위라고 생각하셔."

점심을 같이 먹자고 했지만 성빈은 한사코 집에서 먹고 왔다. 마스크를 벗을 수 없다고.

오후 2시부터 다섯 시까지는 검정고시 수업을 했다.

"이제 우리 마스크 좀 벗자. 누가 본다고."

"누가 보라고 쓰는 거 아냐. 나를 지키고, 너를 지키려고 쓰는 거지."

미윤은 확실히 공부 체질이 아니었다. 조금만 틈을 주면 또 이야기를 펼쳤다. "랩가사 대신 소설을 써보는 게 어때?"

"소설은 네가 쓰시고 있잖아. 누나가 인심 썼다. 내 얘기 네가 써라."

저녁때까지 운동 삼아 산책을 했다. 어른들이 안 뵈는 산속이나 들판 한가운데로 가면 미윤이 랩을 부르기도 했다. 새들이 따라 부르고 풀들이 댄스를 했다. 성빈도 춤을 추었다.

　성빈은 미윤이 왜 여태까지 오디션에 합격하지 못했는지 이해할 수 없었다. 이렇게 산뜻한 목소리에 이렇게 울림 있는 말을 담았는데, 어떻게 안 뽑혀? 심사위원들 귀가 막혔나? 마음이 닫혔나.

　밤. 성빈은 글이 써지지 않으면 미윤의 작업실 밖으로 달려갔다. 미윤네 진돗개와 함께 들었다. 가슴 증폭기를 사용해 마음껏 들었다. 미윤의 노래를. 미윤의 랩이 세상의 인정을 받아 멀리멀리 퍼져나가기를 비손했다.

징검돌

    일본 점령기 때 섬 관청의 우두머리를 '도사'라고 불렀다. 현 씨는 도사를 지내던 시절에 막대한 돈을 벌었다. 탐관오리로 소문이 날 만큼 섬사람들을 착취하기도 했지만, 국보급 도자기를 잔뜩 건졌다. 그가 관할하던 섬은 옛날 무역선들이 무수히 침몰한 해역의 중심이었다. 그는 섬 행정은 대충 하고, 도자기 건지는 데 사시사철을 보냈던 것이다.

    광복이 되던 해, 현 씨는 섬사람들한테 맞아죽을 뻔했다. '일본놈 앞잡이가 돼서 동족을 착취했기' 때문이다. 그는 간신히 뭍으로 도망쳐, 청라면의 안골이라는 산골짜기에 정착했다.

    현 씨는 청라면의 산과 논밭을 깡그리 사들였다. 하지만 농지개혁으로, 6·25전쟁으로 그의 소유지는 대폭 줄어들었다. 그래도 여전히 청라면 최고의 부자였다.

청라면 사람들은 그를 '현 도사'라고 불렀다.

어처구니없게도 일본인 밑에서 일했던 공무원, 경찰이 더 높은 대우를 받으면서 새 나라의 공무원, 경찰이 되던 때였다. 조선 청년에게 일본 천황을 위해 장렬히 싸우다가 죽어야 한다고 외치던 사람들이 새 나라의 정치인이 돼서 잘나갔다. 그걸 보고 현 도사도 기가 살아나 뭔가 해 보려고 마음먹게 되었다.

현 도사는 정치인이 되기로 결심했다. 그는 민의원(현재의 국회의원)이 되기 위해서, 돈을 물 쓰듯이 했다. 하지만 선거 때마다 낙선했고, 재산은 점점 줄어들었다. 청라면 1등 부자에서 3등 부자로 내려앉게 됐지만, 그래도 그는 여전히 엄청난 부자였다.

농민은 어느 날 현 도사네 산에서 나무를 하다가 딱 걸렸다. 현 도사네 마름인 현달모 씨에게. 현달모 씨는 현 도사의 팔촌 조카였는데, 현 도사를 대신해서 현 도사네 농사일을 관리하는 사람이었다.

현달모 씨가 말했다.

"이 도둑놈 새깽이! 너, 오늘 잘 걸렸다. 내가 한 놈 본보기로 족치려고 잠복 중이었다. 시발 놈아, 어린것이 벌써부터

나무 도둑질이나 하고, 커서 뭐가 될라고 그려?"

"미순이 아버지 한 번만 봐주슈. 지가 한 나무 다 드릴게유."

"이놈의 새끼 보쇼! 네가 한 나무는 당연히 현 도사님 거지. 요 며칠 네놈이 여기께 나무 다 긁었지? 일단 나뭇가지 한 개 빼놓지 말고 옮겨 놓아라 잉? 그 다음에 자세한 얘기 하자."

"어쩌실 건듀?"

"감옥 가야지, 인마."

농민은 털썩 무릎을 꿇고 현달모 씨의 바짓가랑이를 붙잡고 늘어졌다.

"좀 봐주세유. 나무 핑계로 우리 큰형님 갈굴라는 거 다 알거든유. 지발, 저 좀 봐주세유. 지가 계속 나무해다 드릴게유. 지발 우리 형님한테만은……. 안 그럼, 저 쫓겨나유."

"이 새끼야, 내가 네 사정 봐줄 만한 처지가 아녀. 네 형이 요새 우리 현 도사님한테 엄청 까부는데, 너 된통 걸렸어."

농민은 그때까지 했던 나뭇짐을 현 도사네 나무창고로 져 날랐다. 현 도사네 식구들은 나무를 한 줌도 안 하지만, 나무가 태산처럼 쌓여 있었다. 농민은 이해할 수 없었다. 누구는 나무를 하지 않아도 나무가 이처럼 많은데, 누구는 나무를 아무리 해도 다 빼앗겨야 하며 도둑놈으로 몰리기까지 해야 한단 말인가.

농민은 현달모 씨를 찾아가지 않고 삼거리께로 갔다. 신작로에서 안골로 들어오는 길에는 어른들 말로 오백 년도 더 묵었다는 은행나무 한 그루가 웅장하게 서 있었다.

세 명의 여중생이 걸어왔다. 모두 현 씨네 애들이었다. 안골에는 현 도사네 말고, 현달모 씨를 비롯해 현 도사의 일가붙이가 십여 호 살았다. 그 현 씨네가 아닌 집에서는 딸들을 중학교에 보낼 꿈도 꿀 수가 없었다.

농민이 앞을 가로막자 여중생들은 소스라치게 놀랐다. 국민학교(현재의 초등학교)는 같이 다녔는데, 중학교 다니는 동안에는 거의 만나지 못해서 잘 모르는 사이처럼 된 아이들이었다.

"미순아, 얘기 좀 허자."

농민이 단호하게 말하자 약간 겁먹은 미순은 설레발치듯 말했다.

"어, 농민이구나. 오랜만이야. 넌 학교를 걸어다닌다면서, 벌써 왔어?"

중학교는 12킬로미터 떨어진 읍내에 있었다. 돈 있는 집 학생들은 면소재지에서 버스를 타고 통학했지만, 농민처럼 없는 집 학생들은 두세 시간 정도를 마라톤 하듯 뛰어다녔다.

"난 오늘 못 갔어. 난 못 갈 때가 더 많어. 저 미안한디 단둘이 할 얘기가 좀 있구먼."

"왜 그래? 무섭게."

"지발, 할 말이 있다구."

농민은 미순이 오해하지 않도록 최대한 간절한 눈빛으로 말했다. 결국 미순은 어쩔 수 없다는 듯 학년 낮은 여중생들에게 일렀다.

"너희들 저기까지만 먼저 가 있을래? 너무 많이 가면 안 돼."

미순과 단둘이 있게 되자 농민은 바로 무릎을 꿇었다.

"미순아, 나 좀 살려 주라."

"왜 이래? 이게 뭐 하는 짓이야?"

"나, 네 아버지한테 걸렸어, 나무하다가. 다른 때는 현 도 사님네 산서 안 하고 오서산께 가서 했는디, 걸리면 큰일 나는 걸 아니께, 그런디 어제 오늘은 내가 감기 몸살로 힘들어서, 그냥 가까운 데서 하다가 걸려 버렸어. 네 아버지가 우리 큰형님을 별러서, 내가 맞아 죽든지 쫓겨나든지 할 겨."

더 말하지 않아도 미순은 말귀를 알아들었다. 미순은 안타깝다는 표정으로 말했다.

"그렇지만 내가 무슨 힘이 있다고. 나, 우리 아버지한테 말도 잘 못 걸어."

"그래도 친딸이잖여. 넌 네 아버지한테 하나밖에 없는 딸이잖여?"

"소용없다니까. 공연히 말했다가 나까지 다리몽댕이 부러지겠다."

"저, 그 말을 하면 되잖여. 너희 아버지한테 말 안 한 모양인디, 내가 네 목숨을 구해 준 적이 있잖여. 네가 그걸 얘기하면 설마 안 봐주실까?"

이태 전 소풍 때의 일이었다. 저수지가에서 보물찾기를 하던 중에 미순이 뱀에 물렸다. 모두가 당황해할 뿐 어쩔 줄 모를 때, 농민이 달려들어 미순의 발목을 물어뜯었다. 시커먼 피를 잔뜩 뽑아냈다. 미순이 이 얘기를 제 아버지에게 분명히 했지만, 현달모 씨는 대수롭지 않게 말했다.

"헤이, 물뱀이었구만. 독사였으면 빨고 자시고 할 시간이 어딨어, 그냥 뒈지지."

미순은 얼굴이 발개져서 말했다.

"어서, 일어나. 누가 보면 어쩌려고 그래?"

"나를 구해 준다고 하기 전에는 안 일어날 겨."

"알았어. 말씀 드려 볼게. 기대는 하지 마."

"꼭 나를 구해 준다고 말혀. 나한텐 목숨이 걸린 일이란 말이여!"

"알았다니까, 알았다니까. 어서 일어나!" 하며, 미순은 농민의 어깨를 손으로 잡았다. 누가 볼까 봐 겁나서 농민을 일으켜 세우려 했던 것이다. 미순의 뜨거운 손이 어깨에 닿자 농민은 독사에게 물리기라도 한 듯 몸을 떨었다. 미순의 손에 이끌려 일어서는 동안, 농민은 말로만 들어 보고 아직 가

보지 못한 바닷속으로 빠져 들어가는 듯한 기묘한 감정에 휩싸였다.

미순이 제집으로 들어가고 한참 뒤에야, 농민은 현달모 씨를 찾아갔다. 현달모 씨가 말했다.

"내가 이번 한 번은 봐주겠는디, 다시 걸리면 뼈도 못 추릴 줄 알아라. 이놈아, 나무를 굳이 할 거면 들키지를 말아야지. 나도 너 불쌍한 거 알어. 부모님은 일찌감치 작고하고 스무 살 많은 형님한테서 머슴처럼 큰다는 거 알어. 용기를 내서 살아야 혀. 사는 거 별거 아녀. 어린 시절은 금방이여. 알아들어? 암튼, 또 걸리면 뒈져."

농민은 귀로는 현달모 씨의 지청구를 들었지만, 코로는 향기를 맡았다. 향기를 향해 힐끗 눈을 주니, 뒤꼍 앵두나무 아래에서 미순이 이쪽을 바라보며 서 있었다. 눈이 마주치자 미순은 얼른 모습을 감췄다.

집으로 돌아간 농민은 형님에게 몹시 혼났다. 형님은 "나무하러 가서 빈손으로 와? 집에 할 일이 얼마나 많은디 맥없이 싸돌아댕기다 와? 먹이고 재워 줬으면 일을 해야 할 것 아녀, 일을!" 하며 작대기로 농민을 두들겨 팼다.

농민은 미순에게 고맙다는 말을 꼭 하고 싶었다. 하지만 만날 수가 없었다. 농민은 엄중한 형님의 눈초리를 받아 가며, 줄기차게 일해야만 했다. 어쩌다가 학교를 가도, 학교가 달라서 마주칠 기회는 없었다.

　버스를 타고 학교에 갈 수 있다면, 미순을 만날 수 있을 텐데! 하지만 그것은 이루어질 수 없는 꿈이었다. 농민은 단 한 번도 버스를 타 볼 수가 없었다. 사실 없는 집에서는 아들도 중학교에 보내지 않는 게 다반사였다. 농민은, 아들도 아닌 동생을 중학교에 보내 주는 형님에게 고마워할망정 버스 통학 안 시켜 준다고 원망해 본 적은 없었다.

　그렇게 한동네 살아도 만날 수 없는 미순이 밤마다 찾아왔다. 곤하게 잠든 농민의 꿈 속을 찾아온 미순은 오래도록 농민의 어깨를 쓰다듬어 주었다. 농민은 그 달콤한 몽상 속에 영원히 빠져 있고 싶었지만 아침은 너무도 빨리 밝아왔다.

　그러나 살다 보면 하늘이 돕는 수가 있는가 보았다. 이듬해 현 도사가 4대 민의원 총선거에 출마해 또다시 낙선, 현 씨네들이 초상집 같던 때였다.

　모처럼 학교에 간 농민은 수업이 끝나기가 무섭게 청라면을 향해 달리기 시작했다. 그런데 청라저수지께에서 그만 우뚝 멈춰서고 말았다. 밤마다 농민을 미치게 만드는 소녀가 아주 힘겹게 걸어가는 게 아닌가. 꿈인가 하고 볼을 꼬집어 보니 아팠다.

　미순이 이상한 기분이 들었는지 뒤를 돌아다보았다. 농민이란 걸 깨닫자 환하게 웃었다. 반가워 죽겠다는 표정이었다.

"버스가 고장 났어."

"다음 버스를 타지, 워째 힘들게 걸어가고 그런댜!"

"다른 애들은 기다린다고 했는데, 난 걸어가는 게 빠를 것 같아서."

버스는 두 시간에 한 대였다. 미순이 계속 말했다.

"사실은 꼭 한 번 걸어서 가 보고 싶었어. 너는 만날 걸어 다니잖아."

"뛰어다니는 겨. 걸어서 언제 간다야."

"그러게. 가도 가도 끝이 없는 황톳길이네. 한하운 시인이 보리피리 불며 가던 길이 어떤 길인지 이제야 알겠어. 넌 계속 뛰어갈 거니? 나랑 걸어가면 안 돼?"

"빨랑 가서 논 갈아야 뎌. 모낼 때가 됐잖어. 허지만 연약한 여인네를 모른 척할 수는 없지, 사내가 되어서."

지름길을 알 리 없는 미순은 버스길만 따라가면 될 줄 알았던 모양이다. 농민은 산을 세 개 넘고, 시내를 다섯 개 건너야 하고, 들판을 한 번 가로질러야 하는 지름길로 미순을 이끌었다. 5월의 꽃들이 산에 들에 가득했다. 산새들의 노래가 귀청을 끈질기게 간지럼 태웠다.

농민은 미순을 그리워하기만 했지 이런 날이 있으리라고는 상상도 못했기 때문에, 준비된 말도 행동도 없었다. 그저 묵묵히 걷기만 했다.

징검다리가 놓인 시냇물 앞에서 둘은 당황했다. 농민이 한 달음에 뛰어 건너는 여섯 개의 징검돌은, 소녀가 뛰어넘기에는 간격이 너무 넓었다.

"업혀라, 그 수밖에 없겠다."

"흉측하게 그게 무슨 소리래. 난 그냥 건널래. 치마 좀 걷으면 되겠지."

"물살이 보통 센 게 아니라니께, 깊기도 혀! 허벅지까지 쑥 들어갈 거구먼."

"나를 업고 징검다리를 건널 수 있겠어?"

"네가 벼 한 섬만 허겄냐? 내가 벼 한 섬 지고 이 정도는 우습게 뛰어넘는 사나이라니께."

"그렇게 힘이 세?"

"이런! 네 아버지가 말씀 안 허셔? 저번에 네 아버지가 나더러 그랬는디, 안골에 천하장사 났다고. 씨름대회 때 날 안골 대표로 내보내겠다고 하셨다니께."

"그럼 믿어도 되겠네."

농민은 미순을 쌀가마니 지듯 가볍게 업었다. 이 가벼움을 영원히 가질 수 있다면 얼마나 좋을까! 농민은 가벼움을 업고 징검돌을 획획 뛰어넘었다. 몸이 불타오르는 것 같았다.

한순간 징검돌을 헛디뎌 물 속으로 빠져 버리고 싶은, 그래서 몸에 붙은 불을 꺼 버리고 싶은 충동이 일어났다. 그러나 징검돌 뛰어넘기에 이골이 난 발은 농민의 마음을 외면하고, 무사히 땅에 닿았다.

그토록 느리게 걸었건만 벌써 안골이 보였다. 그토록 가슴이 뛰었건만 터지지는 않았다. 그토록 할 말이 많았건만 입술이 붙어서 떨어지지 않았다. 그토록 미순의 목소리를 듣고 싶었건만 미순도 말을 하지 않았다. 그토록 달떴건만 아무 짓도 할 수가 없었다.

논을 가는 아저씨들이 보였다. 형님한테 늦게 왔다고 작대기로 언어맞을 게 확실했다. 그래도, 그래도 조금이라도 더 늦게 가고 싶었다. 농민의 마음을 조금도 헤아리지 못하는지, 미순은 발을 재개 놀렸다.

농민은 은행나무 밑에서 겨우 입을 열 수가 있었다.

"작년에 나 구해 준 거 고맙구먼. 고맙다는 말을 꼭 혀 주고 싶었는디, 이제서 허네."

이 말에는 반응을 보이지 않더니, 미순이 뚱딴지같은 질문을 했다.

"농민아, 넌 커서 뭐가 되고 싶니?"

"내가 될 수 있는 게 뻔허지 뭐. 농사꾼 아니면 석탄쟁이겠지. 요새 광산에서 사람을 많이 구허는구먼. 나도 중학교만 졸업하면 광산에 다닐 겨."

"난 선생님이 될 거야."

"선생님? 되우 멋있겠다."

중학교를 졸업한 농민은 탄광에 찾아가 보았지만, 아직 나이가 어려서 쓸 수 없다는 말을 들었다. 그래서 나이를 속이고 다른 탄광에 찾아가 광부가 되었다. 그런데 광부가 된 지석 달째에 탄광에 큰 사고가 났다. 다섯 명이 죽고 세 명이 크게 다쳤다. 농민은 시체를 처음 보았다.

어른들은 전쟁 때 시체를 하도 많이 보고, 몹쓸 일을 하도 많이 당해서 별로 충격을 안 받는 듯했다. 자신들이 저 재수 없는 사고와 죽음에 끼이지 않은 것에 고마워하는 것 같기는 했지만 데면데면한 태도를 보였다.

그러나 농민은 대단한 충격을 받았다. 농민은 갱도 밖에서 자재를 나르고 석탄을 트럭에 싣는 일을 했는데, 곧 돈을 좀 더 많이 주는 갱도일을 할 생각이었다. 하지만 그 사고를 겪고 무너진 갱도에서 꺼내 올린 시체를 본 이후에는 갱도일은커녕 갱도 바깥일도 하기가 싫었다. 탄광에 있다가는 어떤 식으로든 곧 죽을 것 같았다.

농민은 탄광일을 그만두고 형 집으로 돌아왔다. 형은 말도 없이 떠났던 동생을 일단 흠씬 팼다. 그러고는 농사일을 완전히 떠맡겼다. 형의 논은 오십 마지기도 넘었다. 하지만 형의 소유는 네 마지기에 불과하고 나머지는 현 도사네 논을 소작하는 거였다.

그러니까 실상은 그날도 현 도사네 논바닥에서 피를 뽑고 있었다. 농민은 한순간 눈이 아찔했다. 상하 검은색 교복을 입은 아름다운 아가씨가 방긋 웃고 있었다. 미순이었다.

"우리 선생딸 왔네. 우리 선생딸이 왔어."

막걸리 잔을 들이켜며 피 뽑는 것을 감독하던 현달모 씨가 신작로를 향해 뛰어갔다. 사범학교 일학년이란 걸 온 동네가 알건만, 현달모 씨는 딸이 벌써 선생이 된 것처럼 말하고 다녔다.

농민은 논흙 묻은 손으로 얼굴을 문지르며 생각했다. 미순이가 날 알아봤을까, 이 흙투성이 얼굴을.

그 여름, 농민은 미순과 만나기를 학수고대했다. 그러나 미순은 집에서 꼼짝도 하지 않았다. 아니, 농민이 동틀 때부터 자정 무렵까지 논바닥에서 살아야 했으므로 미순이 날 좀 봐 달라고 온 동네를 싸돌아다닌다 해도 볼 수가 없었을 것이다.

얄궂게도 미순을 다시 본 것은, 그녀가 여름방학을 끝내고 다시 도시로 떠나는 날이었다. 농민은 소꼴을 베고 있었다. 그러나 농민은 눈앞에 보이는 미순에게 다가갈 수 없었다. 미순의 뒤에 현달모 씨가 있었기 때문이다. 농민은 지름길인

산자락을 타고 면소재지까지 따라갔다. 미순을 잡아먹을 듯 노려보면서, 집으로 쉬이 돌아가지 않는 현달모 씨를 미워하면서.

버스가 왔고 미순이 탔다. 미순을 태운 버스는 곧 사라졌다. 현달모 씨가 다방 옆에 숨어 있던 농민을 발견하고는 말했다.

"어라, 이 새끼 보쇼. 낫 들고 여기서 뭐 혀?"

그 해 겨울, 미순은 고향에 내려오지 않았다. 아니, 내려왔는지도 모른다. 미순이 사범학교에 다니는 고장은 버스로 세 시간 거리니 그리 멀지 않은 곳이다. 하지만 농민은 미순이 내려왔다는 소식조차 못 듣고 겨울을 났다.

농민은 다시 탄광에 갔다. 이 세상에서 자기 같은 놈이 보란 듯이 살 수 있는 방법은 돈을 버는 것뿐이라고 생각했다. 탄광은 돈을 벌 수 있는 곳이었다. 그러나 나이를 속여도, 여전히 어린 티가 너무 나서 갱도일을 할 수는 없었다. 갱도 밖에서 석탄을 트럭에 싣는 사이에 4월이 되었다.

나라에 난리가 난 모양이었다. 고등학생들이 데모를 한다는 것이었다. 광부들은 학생들의 데모를 두고 말싸움을 벌이기도 했다.

"학생들이 그래도 되는 겨? 공부 안 하고."

"그래도 되긴? 아주 잘하는 짓이지. 아, 시발, 고등학생들 아니면 누가 바른말을 할 것이여? 이 엉망진창인 나라에서. 그게 선거였냔 말이야."

"3·15선거, 부정 선거 정도가 아니라 개판 선거인 거 맞어. 그런디 말여, 그래도 이건 좀 웃기지 않나? 어른들은 가만히 있는디, 투표권도 없는 학생들이 지들이 뭐라고 총대를 메고, 투표가 잘못됐다고 따지는 거냔 말이여?"

"야, 이놈아, 투표권 가진 우리 어른 새끼들이 이 모양이니께 그래도 배운 사람들이 나서는 거 아냐. 배운 사람이 아니면 누가 하겠어? 우리 같이 못 배운 놈들 대신 배운 사람들이 안 따지면 누가 따져 주겠어? 학생들은 할 일을 하는 것이야."

대통령이 하야하고 민주당 정권이 들어선 지도 두어 달이 됐을 때였다. 농민은 광산에서 숙식하며 지내다가 형 생일이라 간만에 안골에 들렀다.

생일 잔치에서 만난 현달모 씨가 말했다.

"여어, 우리 농민이 아니냐? 완전히 광산쟁이 다 됐구나. 딱 태가 나. 논바닥에서 길 때보다 훨씬 좋아 보여. 그런디 농민아, 너 오서산으로 나무하러 다닐 때 산삼밭 같은 거 본 적 없냐?"

"무슨 말씀이래유?"

"아니다. 하도 답답혀서 그냥 해 보는 말이다. 미순이가 말이다, 골병이 들어서 왔잖겄냐. 인제 한 학기만 다니면 선생이 되는데 이게 무슨 날벼락인지 모르겄다."

"아니, 왜유? 다쳤슈? 폐병이라도 걸렸슈?"

"월래, 네가 왜 이러냐? 아, 맞어. 네놈이 미순이를 좋아했었지. 그럼 너 가서 산삼 좀 찾어봐라. 나도 청라면 이십 년 살면서 오서산에 산삼 났다는 얘기를 못 들었다만 그래도 혹시…… 글쎄, 그년이 데모를 많이 한 모양이여. 가슴에 시퍼런 멍도 있고 다리도 절뚝거리고. 겉이 문제가 아니야. 속이 완전히 망가진 모양이여. 의사는 암것도 아니라고 하는디, 내가 보기에는 뭔가 있어. 의사들이 폼만 잡지 뭘 알간? 이년이 밥도 안 처먹고 찬바람 쐬어 가면서 데모하러 다닌 모양이여. 거, 최루탄 그게 겁나게 독하다던데 그거 마시고 그런가 벼."

세월이 흐르는 사이에 너나들이가 된 형님과 현달모 씨가 술에 취해 갔다. 미순이 엄마와 형수도 동네 여인들 흉을 보느라 정신이 없는 것 같았다.

농민은 슬그머니 일어나 달빛 좋은 길을 걸었다. 미순네 앞마당에는 쑥불이 짙은 연기를 뿜어냈다. 미순은 마루에 등잔불을 켜 놓고 책을 보고 있었다.

"아, 농민이구나. 멋쟁이가 됐는걸."

"그래 봐야 광부지. 아프다면서?"

"아냐, 안 아파."

농민은 마루에 엉덩이를 올려놓았다. 징검다리를 건너던 날처럼 가슴이 뛰었다.

"넌 곧 선생님이 되겠네?"

"음, 잘 가르칠 거야. 아이들이 바른 생각을 가질 수 있도록 도울 테야. 어른들은 썩을 대로 썩었어. 아이들만이 희망이야."

농민의 뛰던 가슴이 차갑게 가라앉았다. 왠지 모르게 미순이 그 옛날의 미순이 아니라는 생각이 들었다.

미순이 물었다.

"너는 장면 정권에 대해서 어떻게 생각하니? 혁명 과업을 잘 수행할 수 있을 것 같아? 우리들이 흘린 피를 헛되지 않게 할 수 있을까? 나는 왠지 믿음이 안 가. 우리가 피를 얼마나 흘렸는데, 그 결과가 겨우 장면 정권이라니, 이건 뭐가 잘못된 거야."

농민은 벌떡 일어섰다.

"나, 갈게."

미순이 놀라서 물었다.

"왜 그래? 왜 벌써 가?"

농민은 말했다.

"몰라, 모르겠어. 넌 너무 똑똑허고 난 너무 무식햐."

농민은 후닥닥 뛰어나와서 달리기 시작했다. 어디로 가는지도 모르면서 마구 달렸다.

열흘 뒤, 농민은 다시 안골을 찾았다. 현달모 씨가 쑥불을 피워 놓고 소주를 마시고 있었다. 현달모 씨가 물었다.

"미순이 보러 왔냐?"

"아뇨. 저, 아저씨, 이거 산삼보다는 못허지만 그래도 몸에 되우 좋은 거래유."

"뭐, 인삼이래도 되냐?"

"예, 맞아유. ……미순이 달여 주시라구유."

"네가 직접 줘, 인마."

"아뉴, 제가 줬다는 말은 하지 말아 주세유."

"이 새끼, 이상하네. ……너 돈 많이 벌어. 그러면 우리 미순이 줄 수도 있어. 선생이 별거냐? 돈 많은 게 최고지. 돈 많이 벌어서 우리 미순이 데려가."

"아저씨, 술 취하셨슈. ……미순이는 좋은 선생님이 될 수 있을 거예유! 그렇지유, 아저씨?"

미순이 걸어 나오는 게 보였다. 농민은 놀란 토끼처럼, 광산을 향해서 달아나기 시작했다. 미순이 부르는 소리가 들리는 듯도 했다. 그러나 농민은 뒤돌아보지 않고 귀를 기울이지도 않고 내처 달렸다.

사랑이 부서져 밤하늘의 별로 흩어지고 있었다.

삶은 달걀

순영은 중학교에 가지 못했는데, 집이 가난해서는 아니었다.

순영의 아버지는 시대가 필요로 했던 사람이다. 제1차 경제개발 5개년 계획이 추진됨에 따라 농촌에도 기간산업 확충을 위한 각종 공사가 불길 일듯이 했다.

아버지는 청라면에서 최고로 꼽히는 노가다 십장이었다. 일본인들에게 노가다를 배웠으나 써먹을 데가 없었던 아버지는 군사혁명 이후 물 만난 고기가 됐던 것이다.

청라면의 거의 모든 신축 관공서 건물에는 아버지의 땀방울과 호령 소리가 스며 있었다. 청라면에 놓인 다리들은 전부 아버지의 손을 거쳤다고 해도 과장이 아니었다. 청라면에 앞다투어 생겨난 교회들도 대부분 아버지가 지었다. 아버지는 그 외에도 일일이 꼽을 수 없을 만큼 많은 각종 건축물을 청라면에 세웠다.

　아버지가 한 공사 중에 가장 자랑할 만한 것은, 청라저수지 제방 축조였다. 다른 고장에서 온 십장들은 대충대충 일했지만, 이 고장 출신의 아버지는 철두철미하게 일했다. 애향심을 십분 발휘했던 것이다. 열심히 일하지 않는 다른 고장에서 온 십장을 두들겨 패서, 청라면의 영웅 소리를 듣기도 했다.

　원래 축조 기념비에는 현 도사를 비롯해 청라면의 내로라하는 유지들 이름만 들어갈 예정이었다. 그런데 저수지 제방의 완공을 열렬히 기다리던 면민들의 성화로 말미암아 축조기념비에 아버지 이름도 오르게 되었다. 아버지는 그 일을 두고 '가문의 영광'이라고 했다.

　"그 돌비석이 옛날 말로 하자면 공덕비 같은 것인데, 노가다꾼이 공덕비에 올랐으니 이게 보통 일이간? 무덤에 계신 조상님들이 다 뛰쳐나와 잔치 벌일 일이지!"라는 거였다.

　당연히 아버지는 돈을 많이 벌었다. 문제는 버는 족족 쓴다는 데 있었다. 저축이라는 게 없었다. 더 큰 문제는 대부분의 돈을 술집 여자들과 술 마시는 데 썼다는 것이다. 아예 첩과 딴 살림을 차릴 때도 많았다.

　그래서 어머니가 눈물을 자주 흘렸다. 한번은 어머니가 큰

맘 먹고, 아버지의 딴살림 집을 찾아갔다. 순영이 중학교 보내 달라고 징징대던 때였다. 어머니보다 훨씬 젊고 훨씬 예쁜 여자가 눈을 부라려 떴다. 작정하고 온 어머니는 아버지 첩의 머리끄덩이를 붙잡았다.

어머니는 혼자 가기는 겁났는지 순영을 데리고 갔다. 순영은 어머니를 돕지는 못했지만 어머니를 응원했다. 사실 도와줄 필요가 없었다. 힘은 어머니가 훨씬 셌던 것이다. 어머니는 아버지의 첩을 묵사발 냈다.

놀랍게도 아버지는 어머니가 아니라 첩의 편을 들었다. 어머니를 울타리 밖으로 집어던지고는 "다시 한 번 이딴 짓 하면 이혼이다, 이혼! 이 무식한 여편네야!"라고 소리쳤다.

어머니와 순영은 부둥켜안고 울었다. 울 안에서 아버지가 첩을 달래는 소리가 들려왔다.

"우리 이쁜이가 얼마나 아팠을꼬. 들어가자, 서방님이 쪽쪽 빨아 주마."

뭔 소리인지 모르겠지만 어머니를 더욱 슬프게 하는 말임에는 틀림없어 보였다. 어머니는 더욱더 크게 울어댔다. 고무신짝으로 땅바닥을 쳐대면서.

그 뒤로 어머니는 아버지가 첩을 얻든 바꾸든, 딴살림을 차리든 두 집 살림을 하든 상관하지 않았다. 아버지는 공사장이나 첩 집에서 먹고 잤기 때문에, 집에는 거의 안 들어왔다. 일주일에 하루 들어오면 자주 들어오는 거였다.

아버지는 그렇게 돈을 많이 벌었건만, 오빠를 사범학교에 보내 주지 않았다. 중학교 졸업하면 됐지 무슨 공부가 더 필요하냐는 거였다. 열일곱 살 먹었으면 제 힘으로 살아야 한다며 광산에 강제로 취직시켜 버렸다. 오빠가 공부나 못했다면 덜 억울했을 것이다. 오빠는 중학교에서 전교 10등 안에 들었다. 충분히 사범학교에 합격할 만한 성적이었다. 그러나 아버지는 얄짤없었던 것이다.

아버지는 그렇게 돈을 많이 벌었건만, 순영도 중학교에 보내 주지 않았다. 순영이 그토록 울며불며 떼를 썼는데도, 끝내 입학을 시켜 주지 않았다. 그러면서 뭇사람들의 교육열을 비꼬았다.

"계집아이를 국민학교까지 가르쳤으면 됐지, 중학교는 얼어 죽을. 돈이 썩어 난다냐?"

물론 순영의 한 살 터울 여동생도 중학교에 가지 못했다. 하지만 여동생은 용감했다.

"언니, 나는 이렇게는 못 살아. 내 힘으로 배울 테야. 서울 공장에 들어가면 배울 수가 있대. 월급도 주고 공부도 가르쳐준다는 거야. 언니, 같이 가자."

"어쩌려고 그러니? 제발 이상한 생각하지 마. 서울에 올라갔다가 신세 조진다더라."

"언니는 겁쟁이야."

순영이 말렸음에도 여동생은 동네 친구들과 함께 가출했다. 서울로 떠난 것이다. 몇 달 후에 가리봉동이라는 곳에서 방직공으로 일한다는 여동생의 편지가 왔다. 아버지는 여동생을 찾지도 않았다. 오빠한테 찾아오라고 하지도 않았다.

"미친년, 얼마나 잘사는지 보자."

이 말이 전부였다.

순영이 열일곱 살이던 해에, 그러니까 여동생이 떠나 버린 해에, 아버지는 하천 정비 공사를 맡았다. 청라면을 관통하는 시내를 크게 넓히고 다리도 몇 개 놓는 일이었다.

아버지 밑에서 일하는 일꾼들은 적게는 스무 명 많게는 백명까지 대중이 없었는데, 그 중 여남은 명은 순영네 집에서 잤다. 집이 멀어 출퇴근을 할 수 없는 사람들이라고 했다. 광산에 가 있는 오빠 방과 가출한 여동생 방이 일꾼들이 잠자는 방으로 변했다.

어머니와 순영은 그 여남은 명에게 아침과 저녁을 해 줘야했다. 점심때는 그 몇 배의 일꾼들이 몰려왔다. 어머니와 순영은 그 하천 정비 공사가 끝날 때까지, 거의 반년간 밥하고 반찬 하고 상 차리느라고 허리가 휘었다.

일꾼 중에 유독 눈에 띄는 사람이 있었다. 아버지가 천재라고 부르는 사람이었는데 열일곱 살이라고 했다. 언젠가 아버지는 그가 없는 자리에서 누군가에게 말했다.

"고놈이 네 살에 천자문을 떼었다는구먼. 다섯 살부터는 신문을 읽고 말이야. 천재지, 천재. 국민학교, 중학교에서 계속 1등만 했디야. 그런디 고등학교를 왜 못 갔느냐? 갸 아버지가 빨갱이 짓을 했다는 거여. 북에서 간첩으로 내려온 친척이 있었는가 보대. 덩달아 간첩으로 몰린 것이지. 지 아버지가 감옥가고 집이 쑥대밭이 되었는디, 고등학교를 어떻게 가겠어? 내가 저놈을 내 후계자로 키우려고 그래. 이젠 노가다 십장도 옛날처럼 주먹구구식으로는 안 돼. 머리를 쓸 줄 알아야 돼."

어느 날 순영은 밥을 풀 때, 천재의 밥공기 안에 삶은 달걀을 넣어 주었다. 숟가락질하던 천재가 한순간 놀라서 부동자세가 되었다. 순영은 천재에게 눈짓을 했다. '아무 소리 하지 말고 모르는 척 혼자 먹으라는' 뜻으로. 천재는 알아들었는지 다른 일꾼들 눈치를 보긴 했지만, 소란 피우지 않고 혼자 계란을 먹어 치웠다. 그때부터 순영은 꼭 계란을 넣어 주었다.

하지만 그것은 상상이었다. 희망 사항이었다. 다른 일꾼들 몰래 천재의 밥에다 달걀을 넣어 주는 것은 불가능한 일이었다. 그랬다간 사람 차별한다고 난리가 날 것이다.

순영은 자신이 그런 상상을 한다는 것에 너무 놀랐다. 하지만 순영은 그런 상상만 하는 게 아니었다. 오래 전부터 천재의 일거수일투족을 낱낱이 훔쳐보았다. 천재가 밥풀 흘리는 것, 그걸 얼른 주워 먹는 것, 세수하는 것, 오줌 누러 가는 것. 뿐만 아니라 그 즈음에는 틈만 나면 갈대숲에 숨어, 멀리 하천에서 삽질하는 천재의 붉은 등짝을 넋 놓고 바라보는 게 일이었다.

하루는 천재가 능장을 부렸다. 아버지와 다른 일꾼들이 다 일터로 향했는데 혼자 남은 것이다. 천재는 순영에게 뚜벅뚜벅 다가왔다. 부엌에서 천재를 훔쳐보던 순영은 놀라서 허둥대다가 넘어졌다.

천재의 눈이 타오르는 듯했다. 순영은 벌떡 일어나 옷매무새를 만졌다. 치마 속이 보였던 것은 아닐까? 순영은 얼굴이 화끈거렸다. 천재가 품 속에 손을 넣더니 뭘 꺼냈다. 책이었다. 천재는 그걸 순영에게 내밀었다.

"시집이야, 김소월 시집. 아름다운 시가 많이 실려 있는 것 같아."

"나한테 주는 거야?"

순영은 천재와 말을 나누게 되는 기적이 일어난다면, 동갑이지만 말을 높일 생각이었다. 그런데 막상 입에서 나온 것은 반말이었다.

"응, 선물이야. 그동안 너무 고마웠어. 맛있는 밥 챙겨 주고……."

바보같이 뭐가 고맙다는 거야. 남들 눈치가 무서워, 놀부 마누라처럼 계란 하나 못 넣어 줬는데. 순영은 무슨 만화인 가에서 놀부 마누라가 흥부 모르게 놀부의 밥에다만 삶은 달 걀을 넣어 주는 것을 보고 그런 상상을 했던 것이다.

"책 비싸지 않아?"

"얼마 안 해. 읍내에 내가 잘 아는 헌책방이 있어. 거기서 사면 무척 싸. 하지만 이 책은 헌책이 아니야. 어제 십장님하 고 시내에 나갔다 왔는데, 아리랑 책방에 잠깐 들러서 샀어."

둘은 한동안 침묵했다. 천재가 긴 한숨을 내쉬더니 말했다.

"너, 참 예쁘다."

순영은 하늘로 날아갈 것 같았다. 그런데 그때 어머니가 나타났다.

"너희들 정분났냐?"

천재는 깜짝 놀라, 어머니와 순영을 번갈아 보더니 부리나 케 달려 나갔다. 왜 엄마는 하필이면 이 순간에 들어온단 말 인가. 순영은 어머니가 너무 미웠다.

그날 순영은 밤새도록 생각했다. 천재와 단둘이 있게 되면 해 줄 말을.

'넌 참 멋있어!'

'내가 그렇게 예뻐?'

'요새 달이 좋던데 오늘 밤에 달 보러 나올래? 한밤중에 몰

래 나와. 진짜 삶은 달걀 까 줄게. 너 혼자 몰래 먹는 거야!'

'넌 책을 많이 본다지. 일하기도 힘들 텐데 책을 언제 읽어?'

'나, 너 좋아하면 안 될까?'

아침에 아버지는 멀리 떠날 차비를 했다.

"저기, 해수욕장에 신작로 닦는 일을 맡았구먼."

어머니가 물었다.

"하천 공사는 어떡하고요?"

"그거 시작한 지가 언젠데? 다 끝냈지. 마무리는 내가 없어도 될 테고, 난 우리 집서 먹고 자고 했던 사람들만 데리고 가는 겨. 거기가 급하다고 해서. 그간 밥하느라고 수고 많았어, 순영이 너도. 오늘부터는 푹 쉬더라고."

"언제 와요?"

"한 석 달 걸리려나."

아버지가 아무 말 하지 않다가 당일에 불쑥 말하고는, 멀리 떠나는 일은 자주 있었다. 그래서 어머니나 순영은 그다지 놀라지 않고 그런가 보다 하는 데 익숙해 있었다.

하지만 그날만큼은, 순영은 큰 충격을 받아서 비칠거리다 그예 쓰러지고 말았다. 그래서 천재가 '그동안 고마웠어.'라고 했구나. 그러니까 김소월 시집은 작별 선물이었구나. 바보같이 그것도 모르고 밤새 좋아했구나.

석 달 동안 순영은 김소월 시집을 천 번도 넘게 읽었다. 그러다 보니 시집이 통째로 달달 외워졌다. 앉아 있으면 저도 모르게 입에서 김소월의 시구가 흥얼흥얼 흘러나왔다. 어쩌자고 이런 책을 주고 갔단 말인가? 시들은 대개, 사랑하는 사람을 애타게 그리워하는 노래들이었다. 마치 순영의 마음을 고스란히 옮겨 놓은 것처럼 애절했다.

순영은 편지를 쓰기 시작했다. 방직공장에서 열서너 시간씩 일한다는 여동생에게, 또 국군 아저씨들에게 쓰는 편지와는 전혀 다른 내용이었다. 천재에게 보내는 혼잣말이었다. 보고 싶다고, 보고 싶어 미치겠다고, 쓰고 쓰고 또 썼다. 동이 터 올 무렵엔 그때까지 썼던 편지를 찢었다. 원래도 튼튼하지 못했던 몸뚱이가 빼빼 말라 갔다.

어머니가 말했다.

"심상치 않다 싶더니만 보통 애절한 게 아니구먼. 상사병이 난 겨."

석 달이 지났지만 아버지는, 아니 천재는 돌아오지 않았다. 대신 인편에 공사가 몇 달 더 걸릴 거라는 소식이 왔다. 하루만, 하루만 더 기다리면 돼, 하고 애간장이 타던 순영은 털썩 주저앉아 엉엉 울었다. 어머니가 웃더니 말했다.

"그렇게 보고 싶냐? 우리, 보러 갈까."

어머니와 순영은 아버지가 좋아하는 음식을 잔뜩 하고 겨울옷을 챙겨 보따리 여러 개를 만들었다. 순영은 천재만을 위해서 특별한 음식을 하고 싶었지만, 천재가 좋아하는 음식이 뭔지도 모른다는 걸 깨닫고는 슬퍼졌다. 천재가 밥 먹을 때 지나칠 정도로 자세히 엿보았지만, 아무거나 잘 먹어서 특별히 좋아하는 음식이 뭔지 알 수 없었던 것이다. 하기야 없어서 못 먹지 있는 것을 가려서 먹는 것은 꿈도 못 꾸던 시절이었다.

모녀는 일단 버스를 타고 한 시간 정도 걸리는 시내로 나갔다. 거기서 또 미군들이 만들었다는 해수욕장으로 가는 버스를 타야 했다. 모녀는 쭈그리고 앉아 버스 시간 되기를 기다렸다. 순영은 무슨 생각이 나서 벌떡 일어섰다.

"엄마, 나 어디 좀 갔다 올게."

순영은 아까 버스 창 밖으로 '아리랑 책방'이라는 간판을 본 게 기억났던 것이다. 멀지 않은 곳이었다. 순영은 책방까지 정신없이 달려갔다. 책방에 처음 들어와 보는 순영은 눈앞이 노래졌다. 책이 너무 많아서 그 중에 한 권을 고른다는 것이 도대체 불가능해 보였다.

돋보기를 쓴 노인이 물었다.

"아가씨, 무슨 책을 찾나?"

"아, 예, 그러니까 아무 책이나요. 좋은 책으로요."

"책은 다 좋지. 안 좋은 책이 어딨나. 아가씨가 읽을 게 아니야?"

"선물하려고요."

"누구한테? 뭐 하는 사람이야, 학생인가?"

"아뇨, 학생 아니에요. 하지만 천재예요. 별명이 천재예요. 책을 엄청 읽어요. 모르는 게 없어요. 책도 많이 산다는데."

"아, 누군지 알겠군. 그 녀석 별명이 천재였군그래. 한 달에 두어 번 정도 우리 서점에 오는 놈이 있어. 와서 책은 안 사고 책만 몇 시간씩 보다가 가는 녀석이 하나 있지. 그런데 그놈이 저기 헌책방 가서는 몇 권씩 사가지고 가더군. 그 녀석 아닐까? 이 촌구석에 그렇게 책 많이 읽는 놈이 또 있겠어? 그러고 보니 그놈 본 지도 꽤 오래됐군. 왜 안 오지? 기다려지는군그래."

"맞을 거예요. 그 사람이 천재 맞을 거예요. 여기서 혹시 김소월 시집 사지 않았나요? 그걸 저한테 선물했다고요."

"맞아, 김소월 시집을 판 기억이 나. 그 천재에게 선물하고 싶다는 거군그래."

"맞아요, 바로 그거예요. 그런데 천재는 어떤 책을 좋아할까요?"

노인은 고민하지도 않고 책 한 권을 집어 왔다.

"이게 『학원』이란 잡지야. 녀석이 와서 시간 가는 줄 모르고 보고 가는 게 바로 이 잡지야. 녀석, 이 잡지 사고 싶어 미칠 것 같은 얼굴이면서도 한 번도 안 샀지. 이 책을 선물하면 아주 좋아할 거야."

"정말요?"

"그럼. 『학원』은 아가씨 또래들이 다 좋아하는 잡지잖아. 오만 부씩 나간다던데."

"저는 몰라요."

"소설, 만화, 재미난 게 가득한 책이야. 늙은 나도 「얄개 전」, 「코주부 삼국지」, 「꺼꾸리군 장다리군」, 이것들은 꼭 보지. 천재라고 했나? 그 녀석이 환장하고 좋아할 거야. 아가씨 날 믿으라고."

순영은 그간 바느질을 해서 모은 돈으로 책값을 냈다.

해수욕장에 도착해서도 두어 시간을 걷고 나서야, 신작로 공사장에 도착했다. 모녀는 무거운 짐 보따리를 세 개씩 이고 들고 오느라 온몸이 땀에 젖어 있었다. 삽질 하던 천재가 날아오듯 뛰어왔다. 천재는 어머니의 보따리가 아니라 순영의 보따리부터 내리려고 했다.

어머니가 기진맥진한 상태에서도 농을 했다.

"얼레, 장모는 눈에 뵈지도 않는가 비네."

아버지를 위시한 노가다꾼들은 한바탕 먹는 잔치를 벌였다. 남자들끼리 해 먹는 밥에 진력이 나서 돌아 버릴 지경이었다며, 어머니가 두고두고 오래 먹으라고 해 온 음식들을 삽시간에 먹어 치웠다.

순영은 백사장을 걸었다. 순영은 이때 바다를 처음 봤다. 어느 결엔가 천재가 다가와 함께 걸었다. 둘은 누가 볼 새라 구석진 바위 비탈을 향해 발걸음을 빨리 했다. 어른들의 눈길로부터 자유롭다고 생각되는 곳에서 둘은 멈췄다.

둘은 오래도록 서로를 응시했다. 서로의 눈 속으로 빠져 들고 싶다는 듯.

천재가 말했다.

"난 혹시나 네가 올까 해서, 항상 산 너머 쪽을 보고 일했어. 말도 안 되는 상상에나 빠져 있고, 내가 완전히 미친 거라고 생각했어. 그런데 오늘 정말 네가 나타난 거야. 처음에 나는 꿈인 줄 알았어."

탑을 천 개는 쌓을 만한 말을 준비해 왔건만, 순영의 입에서 나온 말은 고작 이랬다.

"보고 싶었어, 보고 싶었어!"

둘은 누가 먼저랄 것 없이 껴안았다. 순영은 한참 동안 천재의 품에 안겨 그의 가슴이 뿜어내는 뜨거움을 만끽했다. 둘은 잠깐 떨어졌다.

순영의 눈에 바다가 들어왔다. 태양이 가라앉는 바다는 붉게 타고 있었다. 이제까지 별다르게 느껴지지 않던 바다가 한순간 무한한 감동으로 다가왔다. 저토록 아름다운 광경이

이 세상에 있을 수 있단 말인가.

둘은 다시 서로의 눈을 들여다보았다. 자연의 섭리가 정해 놓은 바에 따라 입술을 포개는 순간, "순영아, 싸게 가자. 시내 나가는 트럭을 태워 준단다!" 하는 소리가 귀청을 때렸다.

해가 기울었으니 공사장 어딘가에서 자고 갈 줄 알았던 순영은, 그래서 밤새도록 천재와 놀 생각이던 순영은 가슴이 찢어지는 듯했다.

순영은 옷 보따리를 황급히 풀어 털옷을 꺼냈다. 순영이 오로지 천재만을 생각하며 뜨개질한 것이었다. 책도 꺼냈다. 망부석처럼 서 있던 천재에게 다가갔다.

"따뜻할 거야. 내 생각하며 입어. 『학원』이야. 내 생각하며 읽어야 돼. 빨리 와야 돼."

이 말을, 순영은 어른들이 듣거나 말거나 해 버렸다. 어른들이 신나게 웃었다. 아버지도 웃으며 말했다.

"어린것들이 놀고들 자빠졌네."

천재는 어른들이 보거나 말거나 트럭을 뒤쫓았다. 먼지 속에서 내달리며 외쳤다.

"순영아, 순영아! 건강해!"

순영도 트럭에서 바깥으로 고개를 빼고는 울부짖었다.

"천재야, 천재야! 밥 잘 먹고 튼튼해야 돼!"

그러나 그것이 둘의 마지막 만남이었다. 두 달 후, 아버지는 다리를 다쳐서 트럭에 실려 왔다. 다른 일꾼들은 오지 않았다. 물론 천재도 오지 않았다.

아버지가 말했다.

"천재 갸는 내가 서울로 보냈다. 한 일년 걱정 없이 살 돈을 줬어. 망아지는 제주도로 보내고 사람은 서울로 보내라고 했다. 그런 될성부른 놈은 의당 서울로 보내야지."

자기 아들은 서울이 아니라 공주에 있는 사범학교에도 보내주지 않으면서, 아무런 연고도 없는 청년에게 돈을 가득 안겨 서울로 보냈다는 것이다. 아버지가 돈을 막 써 대는 방법 중에 하나가 바로 그렇게, 연고 없는 이들에게 돈 인심을 팍팍 쓰는 거였다.

순영은 아버지가 미워서 참을 수가 없었다.

"아버지, 아버지가 뭔데 천재를 보냈어요? 천재는 내 거예요. 내 거라구요."

"네 건지 내 건지는 시간이 지나면 알게 될 겨. 너한테 정 마음이 있으면 서울이 아니라 미국에서도 널 찾아올 것 아닌 개비."

"그런데 천재는 나를 보고 간다는 말도 안 했어요? 그냥 서울로 간 거예요?"

"성공한 다음에 너를 데리러 온다고는 하더라만, 사내 말은 믿지 않는 게 좋다. 내가 먼저 서울로 가라고 한 게 아녀.

니, 맞다, 네가 주고 간 책이 대체 뭐냐? 그 책에 순 서울 얘기만 적혀 있나 보지? 그 책 들여다보더니만, 아주 서울 노래를 부르더라. 눈만 뜨면 '십장님, 저 서울 좀 보내 주십쇼. 평생 결초보은 하겠습니다.'라고 징징대더라. 내가 시끄러워서 보내 버린 겨."

순영은 이제나저제나 천재를 기다렸지만, 아니 다만 편지라도 오기를 간절히 비손했지만, 사람도 편지도 끝내 오지 않았다.

고향 가는 길

전태일이라는 청년 노동자가 제 몸을 불살라 버렸어도 세상은 별로 달라진 게 없었다.

자유의 수호천사 미국 대통령이 빨갱이 소굴 중공을 방문, 숭미 반공을 국시로 알던 한국 사람들을 정신없게 만들었던 해에, 아버지가 다니던 광산에 큰 사고가 있었다.

아버지는 목숨을 건졌지만 팔 한 짝을 잃었다. 아버지는 현 도사네 논을 얻어 농사를 짓기 시작했지만 가을걷이 철은 하 멀었다. 아버지는 수업료를 주지 않았고, 용감이는 학교에 가는 것이 끔찍하게 싫었다. 선생들은 당연히 공부를 안 가르쳐 주었고 개 패듯 팼다. 팬다고 낼 수 있는 수업료가 아니었건만, 자꾸만 팼다.

어느 날 용감이는 학교 대신 시내 기차역을 향해 걸었다. 역 가까이에 숨어 있다가, 기차가 서서히 속력을 높일 때 아슬아슬하게 올라탔다. 서울로 갔다. 동네 형들이 일한다는 주물공장을 물어물어 찾아갔다. 동네 형들은 다른 공장으로 옮긴 지 오래되었지만 용감이는 그 공장에 취직이 되었다.

세월은 빠르게 지나갔다. 열다섯, 열여섯, 열일곱. 어느덧 용감이는 기름때 묻은 작업복이 잘 어울리는 열여덟 살이 되었다. 용감이는 자신이 어른이라고 생각했다.

고운이는 중3 때 취업을 나갔다. 방직공장이었다. 공장에서 코피를 한 스무 번쯤 쏟자 졸업식 때가 되었다. 졸업장을 받기 위해서 귀향한 고운이는 다시는 도시로, 공장으로 돌아가고 싶지 않았다. 하지만 집에는 먹을 것도 편히 잘 데도 없었다.

고운이는 눈물을 철철 흘리며 다시 상경 기차를 타야만 했다. 하루 열서너 시간의 지루한 재봉질, 셀 수 없이 삼킨 타이밍 약과 지긋지긋한 어지럼증, 배고픔……, 그렇게 20개월이 흘러갔다.

추석이 내일이었다. 고운이는 지난 추석과 설에 집에 가지 않았다. 이번 추석에도 집에 갈 생각이 없었다. 고운이는 공장이 지옥 같았다. 때문에 아빠 엄마를 용서할 수가 없었다.

어떻게 자식을 지옥으로 보낼 수 있단 말인가? 왜 가난하

단 말인가. 남들처럼 부자가 아니란 말인가. 고등학교는 못 보내 주더라도 최소한 공장에 자식을 팔다시피 해서는 안 되는 거 아닌가.

그런데 갑자기 엄마와 아빠가, 여동생들이 사무치게 보고 싶었다. 철야 작업을 해서 쥐약 먹은 개처럼 쓰러져 있던 고운이는 벌떡 일어났다. 재래시장으로 허겁지겁 달려갔다. 아침 일찍부터 시장은 사람들로 장사진이었다. 악다구니 흥정을 해서 동생 여섯에게 줄 선물을 샀다. 볼펜 두 다스, 연필 다섯 다스, 공책 삼십 권, 참빗, 축구공. 그리고 아빠와 엄마를 위해 혁대와 화장품을 샀다.

그리고 마지막으로 도스토예프스키라는 사람이 썼다는 『죄와 벌』을 샀다. 헌책방을 지나치는데 문득 중3인 여동생의 편지가 생각났다. 여동생은 편지로 집이 어떻게 돌아가는지를 요모조모 전해 줄 뿐, 뭘 부탁하는 법이 없었다.

그런데 지난봄 편지에는, '누구에게 『죄와 벌』이라는 책을 빌려서 봤는데 한마디로 전율했다. 그래서 그 책을 갖는 게 소원이 되었다.'는 말을 적어 놓았다. 은근히 사 달라는 말 같았던 것이다.

편지로 보건대 여동생은 문학을 사랑하고 글쓰기를 좋아하는 모양이었다. 계집애, 그러면 뭣 하나. 너도 별수 없이 나처럼 공순이가 돼야 할 걸.

고운이는 선물 꾸러미를 커다란 가방에 담아 들고 서울역으로 갔다. 서울역은 사람의 산, 사람의 바다 같았다. 고운이는 멍청해졌다. 인파에 떠밀려 둥둥 떠다니듯 했다. 그런데 누가 고운이의 팔을 낚아챘다.

"너, 고운이 아냐? 맞지?"

"맞아요. 누구세요?"

어디선가 본 적이 있는 얼굴이었지만 기억이 나지 않았다. 정신이 없는 상태라 더 기억이 나질 않는 거였다.

"넌 것 같아서 아까부터 계속 보고 있었다니까. 나도 청라중학교 나왔어."

"그래요? 청라중학교 나왔단 말이죠?"

"우리 동갑 동창이라니까. 우리가 1회잖아, 청라중학교 1회. 넌 나를 모르지만 난 너를 잘 알아. 내가 너 짝사랑하고 그랬다니까. 내가 가출만 안 했어도, 너한테 프러포즈 했을 거라고. 아, 참, 내 이름은 용감이야. 혹시 못 들어 봤니? 내가 우리 학교서 달리기를 제일 잘했어! 내 별명이 좆나빨러였다구!"

그들의 고향인 청라면에 드디어 중학교가 생긴 것은 5년 전이었다. 공립이었지만, 청라면의 유지들이 십시일반 부조를 했다. 옛날에는 청라면 1등 부자였다는데, 10등 부자로 떨어진 현 도사가 가장 많은 기부금을 냈다. 현 도사는 4·19

와 5·16 이후에도 수차례 선거에 도전했지만 한 번도 1등을 못했다.

용감이와 고운이는 그 청라중학교의 1회 입학생이었던 것이다. 둘은 아직도 기억했다. 입학식 날 칠순의 현 도사가 부르짖던 말을.

"소년들이여, 야망을 가집시다. 그리고 공부합시다! 나도 여러분처럼 찢어지게 가난한 집에서 태어났소. 하지만 한 번도 야망을 버린 적이 없소! 혼자 힘으로 공부했소! 그래서 도사가 될 수 있었고 부자가 될 수 있었던 것이오! 소년들이여, 여러분도 나처럼 될 수 있소! 여러분은 나보다 훨씬 더 좋은 환경이 아니오! 이렇게 좋은 중학교를 다니게 됐잖소. 소년들이여, 야망을 가지고 줄기차게 공부합시다!"

현 도사는 그 1회 입학생들이 졸업하는 것을 보지 못했다. 입학식 날 그 격려사를 하고 며칠 뒤, 픽 쓰러져서는 그대로 숨져 버렸던 것이다. 어른들은 말했다. 격려사를 너무 격렬하게 했기 때문에 남아 있던 기력이 죄 사그라진 거라고.

"그래, 그랬구나. 그러니까 우린 동창이란 말이지?"

"그래, 그렇다니까."

"저, 그런데 말이야. 표 끊으려면 어떻게 해야 돼?"

"뭐야, 표가 없어?"

"응, 없어."

"걱정하지 마. 내가 구해 줄게."

"끊으면 되는 거 아냐? 끊는 데만 가르쳐 줘. 내가 끊을게."

"너, 도시물 먹고도 아직 멍청이구나. 지금 표가 어딨어? 더구나 장항선은 기차도 몇 대 없단 말이야. 암표를 사면 돼. 사실 나도 암표 산 거야."

용감이는 고운이를 그 자리에 꼼짝 말고 있으라고 해 놓고 는 사람들의 바다로 헤엄쳐 들어갔다. 용감이는 쉬이 오지 않았다. 고운이는 용감이가 말만 그렇게 해 놓고 도망가 버 린 게 아닌가 하고 걱정이 되었다. 하지만 용감이가 맡겨 놓 고 간 그의 가방을 보자 안심이 되었다.

다리가 후들거리고 자꾸만 눈이 감겼다. 둘러보니 바닥에 퍼질러 앉아 있는 사람들이 부지기수였다. 고운이도 웅크리 고 앉아 꾸벅꾸벅 졸았다.

"아가씨, 표 있어?"

누가 은근한 목소리로 잠을 깨웠다. 어떤 아저씨가 음흉한 미소를 짓고 있었다.

"고향이 어디야? 방향이 같으면 내가 태워 줄게. 나는 버 스로 갈 거야. 나는 합승차 기산데 빈 차로 고향 가면 뭐 해. 고향 사람들 태워 갖고 가려는 거지. 차비를 기차값 절반만 받을 거야. 딱 보니 충청도 쪽 같은데, 안 그래?"

이때 용감이가 나타나 아저씨에게 말했다.

"야, 이 거지 같은 놈아, 명절날까지 이래서야 되겠냐?"

아저씨가 눈을 부라렸다.

"뭐야, 넌? 마빡에 피도 안 마른 새끼가."

"좆 까, 새끼야. 너 여자 장사해 먹는 거 다 알거든. 확 대갈통 부수기 전에 꺼져라."

용감이가 인상을 험하게 일그러뜨리고 악을 썼다. 아저씨는 비굴한 미소를 짓더니 "난 그냥 고향 사람 같아서……." 하고는 달아나듯 가 버렸다.

고운이는 뭐가 뭔지 알 수가 없고, 용감이가 하도 무섭게 보여 얼어붙어 있었다.

용감이는 표정을 밝게 고치고 말했다.

"너 큰일 날 뻔했어. 아까 저 새끼 여자 팔아 먹는 놈이야. 고향 데려다 준다고 꼬셔서 관광버스에 태워 갖고는 사창가에 한꺼번에 넘기는 거지. 저런 더러운 새끼들은 지옥에다 다 파묻어야 돼. 최소한 명절 때는 저러지 말아야지. 경찰 십탱구리들은 대체 뭘 하고 자빠진 거야. 민생치안 좆 까라고 그래."

"무서워. 그렇게 무섭게 말하지 마."

"무서워? 뭐가 무섭지? 하여튼 표를 구했어. 암표값이 엄청났지만 괜찮아. 하지만 네가 나중에 갚아 줘야 돼. 가자, 얼른. 사람 많은 거 보이지. 차 시간은 아직 한 시간이나 남았지만 줄을 서야 돼. 우리가 제 시간에 차를 탈 수는 있을지 그게 걱정이라니까. 하지만 걱정하지 마. 내가 있잖아. 넌 내 손을 놓치면 안 돼. 나랑 헤어지면 넌 끝장이야. 가방이 왜 이렇게 커? 너 선물 잔뜩 샀구나. 네 가방 나 주고, 내 가방 들어. 내 가방은 작으니까 너도 들 수 있어. 노는 손은 내 손을 잡아야지."

여섯 시간이 흐른 뒤에야 고운이는 제정신이 났다.

공장은 추석 때 하루 이틀을 쉬기 위해서 잔혹할 정도로 노동자들을 작업으로 내몰았다. 거의 한 달 동안 하루에 여섯 시간 자는 것 빼고는 일만 해서 고운이는 한없이 지쳐 있었다. 게다가 지금은 한두 시간도 안 자고 나온 참이었다. 한순간 용감이가 마치 남자 친구라도 되는 양, 아니 아버지라도 되는 양 믿음직스럽게 생각되었고, 그때부터 잠이 막 쏟아졌다.

그래서 어떻게 기차를 탔는지, 기차에서는 뭘 했는지 기억이 나지 않았다. 잠을 잔 게 아니라 기절해 있었던 것인지도 몰랐다. 분명한 것은 용감이의 품에 계속 안겨 있었다는 것이다.

용감이는 기차를 탈 때까지가 매우 힘들었다. 잠이 들어 버린 고운이를 둘러업다시피 하고 매우 긴 줄을 서야 했고, 기차에 들어가서는 사람 숲을 파고들어야 했다. 그놈의 가방까지 챙기느라고 더욱 힘들었다.

기차가 출발하고부터는 좀 편안했다. 둘은 사람들 사이에 꼭 끼여 있었다. 행복하게 앉아 있는 소수의 사람들을 제외하고 입석의 거의 모든 사람들이 그랬지만, 선 건지 앉은 건지 스스로도 이해할 수 없는 자세로 끼여 있었다.

용감이는 고운이를 잃어버리지 않기 위해서 그녀를 꼭 껴안고 있었다. 고운이의 얼굴이 제 가슴에 달라붙어 있었던 것이다. 용감이는 고운이가 숨이 막히지 않을까 걱정하기도 했다. 하지만 고운이의 콧구멍은 뜨거운 김을 용감이의 가슴께에 열심히 내뿜었다.

수도권을 벗어나기 전에는 내리는 사람은 없고 타는 사람만 있었다. 용감이는 신기해했다. 도저히 더는 들어올 틈이 없어 뵈는데도 기차는 끝없이 귀향객을 받아들였다. 촌에 얼마나 해 먹을 게 없으면 촌사람들이 이토록 다 올라와 있을까, 하고 명절 때마다 하는 감탄을 또 했다.

용감이는 도중에 오줌이 마려웠지만 참고 또 참았다. 화장실까지 갈 일이 걱정되는 게 아니라, 돌아오지 못할까 봐 걱정이 되었다. 그리고 또 화장실에 다녀오는 동안 고운이는 누가 지킨단 말인가. 언놈이 이상한 짓은 않더라도 가방 도둑질은 할 수 있지 않는가.

고운이를 데리고 가면 어떨까? 그러나 그건 불가능해 보였다. 평방 1미터에 모라도 심어놓은 듯, 거의 오십 명의 사람이 빽빽하게 차 있는 이 상황에서 둘이 한 몸으로 화장실에 간다는 건 상상하기도 힘든 일이었다.

그런데 고운이가 오줌이 마렵다고 하면 어떻게 하나. 여자는 요도가 짧아서 남자처럼 오래 참지도 못한다고 하는데. 그러면 할 수 없지. 한 몸으로 화장실을 향해 진격해 봐야지. 여기서 쌀 수는 없잖아.

수도권을 벗어나자, 기차가 설 때마다 사람들이 무 뽑혀 나가듯 쑥쑥 빠져나갔다. 이제 고운이랑 한 몸이 되어 화장실을 다녀올 엄두를 낼 만한 틈도 보였다. 마침 고운이가 눈을 뜨더니 '급하다'고 했다. 고운이도 잠결에 오줌을 꾹 참았던 모양이다.

그래도 여전히 사람이 많아 화장실 다녀오는 길은 멀고도 험해서 근 한 시간이나 걸렸다. 차례를 기다리는 데 소요된 시간만도 삼십 분이나 되었다. 하지만 용감이나 고운이는 그 시간마저도 붙어 있었기 때문에―정확히 말하면 붙어 있을 수밖에 없었기 때문에―전혀 지루하지가 않았다. 둘이 잠깐 떨어진 것은 고운이가 화장실에 들어갔을 때, 용감이가 화장실에 들어갔을 때뿐이었다.

그러고 보니 사람들은 덥다고 난리였다. 창문이 열려 있었지만 더운 바람이 들어왔다. 모두들 땀으로 목욕을 했다. 용감이와 고운이 역시 마찬가지였는데, 그래도 둘은 더운 줄을 몰랐다.

그런데 담배 연기는 참으로 곤욕스러웠다. 앉아 있는 남자들은 물론이지만, 서 있는 남자들도 담배를 뻑뻑 피워 댔다. 고운이는 계속 콜록댔다. 용감이는 담배 피는 어른들을 한 대씩 패주고 싶었다. 자신이 담배 안 피는 것이 그렇게 자랑스러울 수가 없었다.

용감이는 결심했다. 나는 교통부 장관이 되고야 말 테다. 교통부 장관이 돼서, 그 누구도 기차에서 담배를 못 피우게 만들 테다. 하지만 당장은 더욱더 고운이를 끌어안아 연기를 최대한 덜 마시도록 하는 수밖에 없었다.

고향역이 가까워지자 기차의 공간은 한결 넓어졌다. 그래서 아쉽게도 용감은 더 이상 고운이를 껴안고 있을 수가 없었다. 사람들이 자기 몸이 어떻게 돼 있는지도 알 수 없는 판이라, 다른 사람들 몸에 신경 쓸 수도 없을 때는 남녀가 껴안고 있는 것이 눈에 띄지 않았다. 그러나 공간이 넓어지자 다른 사람들 자세를 살필 수 있게 된 것이다.

용감이는 고운이를 바닥에 앉혀 놓고, 고운이를 지켰다. 그때까지 붙어 있느라 제대로 볼 수 없었던 고운의 얼굴을 뚫어져라 바라보았다. 영양실조라는 진단을 받을 게 틀림없는 파리한 얼굴을.

용감이는 고운이가 무엇을 하는지 물어보지도 않았고 물어볼 시간도 없었지만, 물어보지 않아도 충분히 알 수 있었다.

둘 중에 하나 아닌가. 술집 아니면 공장. 화장품 냄새는커녕 화장품 바른 흔적도 없는 얼굴, 백 퍼센트 공순이일 테다.

공돌이 용감이는 고운이가 학생도 아니고 술집 호스티스도 아니고 자신과 동류인 기름밥 청춘이라는 게 만족스러웠다. 학생이었다면, 호스티스였다면 이렇게 편안한 기분이 들지는 않았을 것이다.

혼주역에 내리자 그들을 낳고 기른 고향의 서정이 물밀 듯이 몰려와 환영 인사를 해 주었다. 고운이도 잠이 확 깼다. 이 고장의 상징과도 같은 바닷바람과 갯벌 냄새가 그녀의 지친 뇌를 뒤흔들었던 것이다. 사실 충분히 잤다고 할 만한 시간이 흐르기도 했다. 대합실은 잔칫날 같았다.

용감이와 고운이를 마중 나온 이들은 없었다. 하지만 둘은 대합실에서 동창들을 잔뜩 만났다. 같은 기차를 타고 온 것이었다. 동창들은 정신없이 안부를 나눴다. 동창들은 떼로 몰려가 청라면 가는 버스를 탔다. 한 시간에 한 대밖에 없는 청라면행 버스는 콩나물시루 같았다. 동창들은 아주머니 아저씨들 사이사이에 끼여 흩어졌다.

그러나 용감이는 고운이와 떨어지지 않았다. 콩나물시루 상황 덕분에 다시 한 번 고운이를 껴안는 행운을 누리게 되었다. 기차에서는 비몽사몽이었던 고운이는 버스에서는 말짱한 정신이었다. 그래서 자기가 지금 남자 가슴에 눈과 코와 입을 비비는 이 상황이 쑥스러웠다. 어쩔 수 없는 자세이기는 했지만 말이다.

버스는 산굽이 하나를 돌 때마다 섰다. 사람들이 뭉텅뭉텅 빠져나갔다. 동창들도 하나 둘씩 내렸다. 그들이 다닌 청라중학교 앞에서도 여남은 명이 내렸다. 청라면 면소재지인 나원리 정류장에 닿자 스무 명 빼고는 모두 내렸다. 용감이를 알아본 안골 아주머니가 "이놈아, 서울 살더니 정신이 없어졌냐. 왜 안 내려!" 하고 소리를 질렀다.

물론 고운이와 용감이는 아까부터 떨어져 있었다. 고운이가 말했다.

"왜 안 내렸어? 내가 버스 세워 달라고 할게."

"아냐, 아냐! 한번 에스코트를 했으면 끝까지 해야지."

"안 그래도 돼. 지금까지 신세진 것만 해도……."

"내 걱정은 하지 마."

버스에는 고운이네 동네 사람들도 타고 있었다. 그 아주머니들이 고운이를 알아보았다.

"고운이구만, 고운이여! 완전 색시가 돼 버렸구나. 몰라봤다야, 몰라봤어."

"니 에미가 너 안 온다고 만날 울고불고 난리여. 왜 이제서 와?"

"이제라도 왔으니 되었지. 야, 고운아, 그래야 되는 겨. 자식 된 도리로 최소한 명절에는 코빼기를 봬 줘야지."

"그런디 네 나이가 대관절 몇 살이더냐? 열여덟? 시집가야 되겠네."

"요새 누가 열여덟에 시집을 가. 요새 애들은 스물서넛은 돼야 가든지 말든지 하던데."

"아니, 그 옆에 있는 이가 누구여. 혹시 신랑감이여? 아예 신랑을 데리고 와 버렸구먼. 훤칠하게 잘생겼네."

고운이네 동네는 버스에서 내려, 흙길을 삼십 분쯤 더 걸어가고도 끝이 난 게 아니었다. 용감이는 고운이의 큰 가방을 들고 고운이의 뒤를 열심히 따라갔다. 고운이는 몇 번이나 그만 가라고 했지만 용감이는 '끝까지 에스코트 하겠다'는 말만 되풀이했다.

강이 앞을 가로막았고 나룻배가 대기하고 있었다. 용감이와 고운이는 이제 정말 이별을 해야만 했다. 용감이는 그제야 고운이가 중학교 때 그토록 늦게 등교한 까닭을 알았다. 먼 것도 먼 것이지만 나룻배까지 타고 다녀야 했다니.

용감이는 나룻배까지 타려고 했지만, 고운이가 빌다시피 해서 말렸다.

"제발, 더 이상 안 돼. 봐, 나룻배에 자리도 부족하잖아. 그리고 넌 대체 집에 어떻게 가려고 그래? 벌써 깜깜하잖아. 버스 끊기기 전에 어서 가. 그리고 부끄럽단 말이야. 상경할

때 같이 가자. 내일모레 기차역에서 기다릴게. 꼭 같이 가야
돼.”

“너 표는 있어?”

“네가 구해 줄 거잖아. 그렇지?”

“물론. 걱정하지 마. 내가 다 구해 놓을게. 이번에 좌석표
를 구하겠어. 앉아서 가자, 앉아서!”

“아냐, 서서 가는 것도 괜찮아. 내가 잠만 자고 있었던 게
아니라니까.”

고운이의 얼굴이, 쟁반같이 둥근 달이 뿌려 준 빛에 바알
갛게 물들었다.

고운이네 동네 사람들이 “국수 먹을 때 보세!”라며 연신 손
을 흔들어 주었다. 용감이는 나룻배를 향해 외쳤다.

“고운아, 송편 많이 먹어! 많이많이 먹어야 돼!”

중학교 때 용감이를 육상 선수로 키우겠다는 야망을 가진
선생이 하나 있었다. 덕분에 용감이는 1교시가 시작될 때까
지 운동장을 뱅뱅 돌아야 했는데, 매번 1교시 종이 울리기
직전에 등교하는 여자애가 있었다. 고운이였다.

그 선생이 폐렴으로 요절하지 않았다면, 용감이는 육상 선
수가 되었을지도 모른다. 고운이와 사귀었을지도 모른다.

그러나 가슴 아플 것 없다. 어쨌든 다시 만나지 않았는가.
이제부터 시작하면 되는 거야, 라고 용감이는 생각했다.

삼각관계

　곰탱은 방금 전까지 발정난 개처럼 날뛰다가 한순간 고독해졌다. 수음의 구렁텅이에 빠지고 나서부터 그렇게 감정이 급변하는 일이 잦았다. 여전히 교실과 복도를 운동장 삼아 날뛰는 벗들을 향하여 "철없는 것들!"이라고 중얼거린 뒤 창가에 서서, 생각하는 오뎅인지 로댕인지처럼 폼을 잡았다.

　2층이었는데 복도 창문으로 진입로가 훤히 내다보였다. 진입로의 은행나무들 잎사귀가 푸르게 물들어 갔다. 교문 앞 상점에서 나온 세 명의 여학생이 종잘거리며 천천히 거슬러 올라왔다. 반장 태훈이 곰탱의 옆에 서더니 문득 세 명 중 하나를 가리켰다.

　"쟤 어떠냐?"

"곱슬머리?"

"음, 쟤가 한미해라는 앤데, 어때, 괜찮아?"

"이쁘네."

"좋았어!"

웃기는 자식. 좋긴 뭐가 좋아. 한데 어째 좀 이상했다. 곰탱의 다리가 공중에 붕 떠 있었다. 태훈이 곰탱을 번쩍 든 거였다. 태훈은 세 명의 여학생, 그 중에서도 곱슬머리를 향해 외쳤다.

"미해야, 곰탱이가 너를 사랑한대!"

곰탱과 미해의 눈길이 공중에서 만났다.

그날 밤 꿈 속에서 만난 여러 어르신들과 숱한 위인들이 곰탱에게 하나같이 이런 질문을 했다.

"너의 소원은 무엇이냐?"

"어제까지는 통일이었슈. 하지만 오늘부터는 통일 아뉴. 미해랑 사귀는 거유."

미해랑 사귀는 것은 꿈 같은 일이었다. 얼굴 보기도 힘들었다.

여자들이 모여 있는 곳을 항상 예의 주시하느라 눈이 나빠져 안경을 쓸 수밖에 없게 되었을 정도로, 나날이 노력해도 하루에 두 번 보면 미해의 얼굴을 많이 보는 거였다.

지성이면 감천이라더니 '청천축제'라는 것이 다가왔다. 여학생들은 매스게임을 여러 가지 연습했고, 미해도 거의 날마다 운동장에 있어야만 했다. 미해는 곰탱의 눈에 뜨이지 않을 수 없게 된 것이다.

그날도 운동장을 반 갈라, 남학생은 곤봉체조를 했고, 여학생들은 부채춤을 추었다. '원산폭격'이란 얼차려를 받던 곰탱은 가랑이 사이로 보았다. 미해가 선녀로 변하는 모습을. 곰탱의 거시기가 불쑥 커졌다. 선녀로 변하지 않고 그대로인 다른 파랑색 운동복의 여학생들은, 순전히 미해 선녀의 아름다움을 돋보이도록 하기 위하여 동원된 허수아비들 같았다.

곤봉체조를 가르치던 육체미 선생이 고함을 질렀다.

"일어나, 십탱구리들아."

곰탱을 제외하고는 모두 일어났다.

"뭐야, 넌 왜 안 일어서?"

"대가리가 땅바닥에 붙었슈."

육체미는 곰탱이 장난말 하는 줄 알고 곤봉으로 뒈지게 때렸다. 곰탱이 그토록 얻어터지면서도 머리를 못 떼는 것을 보고서야 육체미는 사태를 정확하게 파악했다. 육체미와 학우들이 힘을 모아 곰탱의 몸뚱이를 당겨 보았지만, 곰탱의 머리는 떨어지지 않았다. 육체미가 어디선가 톱을 가져와 땅바닥과 곰탱의 대가리 사이를 썰어 보았지만 톱날이 우수수

빠졌을 뿐이다.

머리를 오래 박다 보면 상상의 나래를 펼치게 된다. 더욱 말도 안 되는 상상이 이어질 모양이었다. 어떻게 소식을 들었는지 할아버지가 손오공이 타고 다녔다는 근두운을 타고 날아오는 것을 보니.

근두운에서 뛰어내린 할아버지는 다짜고짜 여의봉이 아니라 작대기로 육체미의 종아리를 때리기 시작했다.

"이놈아, 체육이 대수냐? 그깟 놈의 체육 좀 못하면 어떠냐? 이 나쁜 놈, 너도 맞아 봐라."

육체미는 죽겠다고 낑낑댔다. 선생도 맞으면 아픈 모양이구나. 학생들 맞을 때랑 똑같잖아.

곰탱은 너무 신이 나서 내질렀다.

"할아버지, 더 세게 때려유!"

육체미에게도 편은 있었다. 교장 선생이 나타나 할아버지를 말렸다.

"진정하십시오, 학부형님. 지금 중요한 것은 곰탱이 머리를 땅바닥에서 떼어 내는 것 아닙니까?"

딴은 그랬다. 상상은 절정으로 치닫기 위해서 열심히 무용하던 미해를 데려왔다.

선녀 미해가 단언했다.

"나만이 곰탱이를 구할 수 있어요."

미해가 부채로 곰탱의 머리를 톡 때렸다. 곰탱의 머리는 땅바닥과 분리되었다.

미해는 육체미에게 말했다.

"곰탱이는 곤봉 공포증에 걸렸어요. 곤봉을 시키면 도로 머리가 땅바닥에 붙어 버릴 거예요."

육체미는 약속했다.

"실은 열 명 정도를 빼야 한다. 곰탱, 이 녀석은 그러지 않아도 일차적으로 자르려고 했었다. 키 겁나게 작지, 곤봉 뒈지게 못하지, 매스게임에 전혀 쓸모가 없는 놈이다."

"그런데 왜 얼차려까지 시키면서 가르치려고 했어요?"

"단체 활동이기 때문이다. 연습은 똑같이 하고 축제 당일에 빼려고 했다."

"오늘부터 빼 주세요."

"그 누가 선녀의 부탁을 무시하랴. 지금 즉시 빼겠다."

미해 덕분에 열외자가 된 곰탱은 무지무지 행복했다. 틈만 나면 운동장의 미해를 바라보았다. 2학년 여학생들의 매스게임 연습이 어서 시작되기를 바랐고, 시작되면 영영 끝나지 않기를 바랐다.

미해는 못하는 게 없는지, 자기 반 모든 종목의 대표이기도 했다. 미해는 400미터 계주 연습을 하다가 결승선을 통과해서도 멈추지 않았다. 잔디밭에서 잡초를 골라내던 열외 곰탱에게까지 달려왔다.

미해는 숨을 헉헉 몰아쉬며 말했다.

"너 같은 열등아는 눈에 보이지도 않으니까, 나한테 편지 보내지 마."

"내가 싫어서 답장을 안 보낸 거니?"

"키 크고 체육도 잘하면서 공부까지 잘하는 애들이 나랑 사귀어 보겠다고 줄을 서 있어. 너 같은 것까지 집적거리니, 나는 너무 이뻐서 골치가 아프다."

"그래도 난 네가 좋아. 손 한 번만 잡아 보자."

미해는 멀리멀리 달아나는 거였다. 곰탱은 미해를 쫓아가다가 육체미에게 걸렸다.

"이 새끼 봐라. 남들 단체로 고생하는데 열외면 잡초라도 열심히 뽑아야지, 농땡이를 까. 이런 싸가지 없는 녀석. 대가리 박아."

다시 대가리가 땅바닥에 붙어 버렸지만, 이번에는 미해가 구해 주러 오지 않았다. 할아버지도 오지 않았다. 근두운이 고장 났나 보다. 곰탱은 대가리를 떼어 보려고 한없이 발버둥쳤다. 하여튼 청천축제 연습 기간 동안 곰탱은 제정신일 때가 별로 없었다.

청천축제가 끝나자마자 소풍이었다. 소풍날 곰탱은 필름 두 통을 샀다.

환기는 절대로 카메라를 빌려 줄 수 없다고 했다. 단 한 번도.

"내가 대신 찍어 줄 수는 있는디. 나는 사진사가 될 거거든."

그래서 곰탱은 환기를 사진사로 임명하여, 소풍 내내 미해를 추적했다. 그런데 뭔가 좀 이상했다. 환기가 셔터를 누르려는 순간, 미해는 종적을 감추어 버리고는 했다. 우연이 아니라는 것을 깨닫게 되었다. 곰탱과 환기는 집요하게 노력했으나, 결국 한 컷도 찍을 수가 없었다.

곰탱의 불알친구들은 다른 동네 아이들과 우정이 찐득찐득 묻어나는 작별 인사를 나눈 뒤 귀가 행렬에서 떨어졌다. 누군가 갸웃댔다.

"쟤들은 우리 동네 것들이 아닌디 왜 우리를 쫓아올까?"

미해 일당이었다. 곰탱의 집이 보일 때쯤 사태는 명백해졌다. 미해는 곰탱을 쫓아왔던 거다. 불알친구들은 곰탱이 미해의 이름을 하루에 수백 번 연습장에 쓴다는 것을 알았다. "잘해 봐라!" 하고들 가 버렸다.

그토록 단둘이 만나서 얘기해 보고 싶었던 미해였는데, 막상 그 순간이 다가오자 곰탱은 몸서리치게 무서웠다. 곰탱은 소풍 가방을 마루에 던지고 산 속으로 달아났다. 미해는 청천축제 때 저희 반을 종합 1위에 올려놓은 주역답게, 무서운 속도로 추격해 왔다. 곰탱은 모든 운동에 젬병이었지만, 기적적으로 잘하는 운동이 하나 있었다. 달리기였다. 곰탱은 죽어라 달렸다.

곰탱과 미해는 동네를 백여덟 바퀴나 돌았다. 달리는 동안 마음속에 들끓던 백팔번뇌가 피부를 뚫고 솟아나더니 땀방울이 되어 뚝뚝 떨어졌다. 미해가 아름다운 목소리로, "곰탱아, 왜 도망가. 나랑 얘기하고 싶어했잖아!" 하고 소리치면, 곰탱은 매번 똑같은 대답을 했다.

"무서워."

미해는 추격을 포기하고 콩을 타작하던 곰탱의 어머니에게 말을 걸었다. 곰탱은 버려진 무덤께에 숨어 있었는데, 무슨 소리를 하는지 궁금해서 귀를 쫑긋 세웠다. 꽤 먼 거리였음에도 불구하고 제정신이 아니었기 때문인지, 귓구멍이 북괴가 팠다는 땅굴만큼 넓어져서 어머니와 미해의 대화가 생생히 들렸다.

"어머니, 곰탱이와 사귀어 보려고 했는데, 얘가 자꾸 도망가요."

"곰탱이는 수줍음이 많단다."

"그런가 봐요. 편지는 줄곧 해대면서 저랑 마주치면 얼굴만 빨개지고 한마디도 못하더라구요. 그래서 제가 소풍 특집 삼아 먼저 말을 걸려고 했는데, 곰탱이가 자꾸 도망 다니네요."

"내 아들이라서 하는 말은 아니다만, 곰탱이 같은 놈은 사귀어 봐야 너만 손해다. 솔직히 말해서 곰탱이가 읍내도 아니고 면내 깡촌 중학교에서 공부 약간 하는 것 빼고 뭐 볼 게 있냐?"

"편지도 잘 쓰던데요."

"걔가 어렸을 때부터 뭐 끼적거리는 건 좋아하더구나."

"어머니, 저는 어쩌면 좋을까요?"

"셋을 셀 때까지 무덤에서 안 내려오면, 곰탱이를 차 버려라."

미해는 "하나!" 하고 길게 세었다. 곰탱은 내려가지 않았다.

"둘!"

못 내려갔다.

"둘 반!"

내려갈 수가 없었다.

"진짜로 셋을 셀 거야. 지금 안 내려오면 다시는 나랑 대화 같은 거 할 수 없을 거야."

곰탱은 정말이지 내려갈 수가 없었다. 발바닥이 땅에 붙어 버린 거였다. 미해는 가 버렸다.

곰탱이 저녁때까지 내려오지 못하자 어머니가 올라왔다.

"못난 놈! 내가 너한테 학생이 무슨 연애질이냐, 공부나 해라, 이럴 줄 알았지?"

"그럼, 그 말 하시려는 게 아니었슈?"

"여자가 먼저 사귀자는데도 못 사귀는 놈이 먹어서 뭐해! 밥 굶어."

집까지 쫓아온 애니까, 학교에서는 거의 달라붙을 줄 알았다. 그러나 미해는 학교에서 곰탱을 투명인간 취급했다. 곰탱은 소풍 전에 그러했듯이 말 한마디도 못 걸면서 편지만 끊임없이 써 보냈다.

겨울방학 동안엔 우표 붙여 편지를 썼다. 우표 안 붙은 편지에 한 번도 답장을 해 주지 않던 미해는, 우표 붙은 편지에도 역시 답장을 해 주지 않았다. 곰탱은 미해의 초지일관한 무시조차도 마음에 쏙 들었다.

예로부터 경국지색은, 단순호치는, 절대가인은, 월궁항아는, 천하일색은, 선자옥질은, 빙기옥골은, 녹빈홍안은 소한대한 때보다 더 차가운 가슴을 가졌다 하였다. 미해의 철저한 개무시야말로 그녀가 바로 미인의 절대적 조건인 냉가슴을 소유했다는 증거가 아니고 무엇이겠는가.

새 학기가 되자 지난 학기 동안 편지 배달부 노릇을 충실히 해 준 기열에게 다시금 편지를 내밀었다. 그런데 기열의 입에서 뜻밖의 말이 튀어나왔다.

"네가 직접 갖다 줘. 넌 손이 없냐, 발이 없냐?"

기열은 미해의 옆집에 살았다. 둘은 갓난쟁이부터 죽마고

우여서 미해와 스스럼이 없는 사이였다.

남녀칠세부동석을 비웃으며 국민학교 시절 내내 끈끈한 우정을 나누는 남녀 죽마고우는 더러 있다. 하지만 중학교 시절에도 유지되는 남녀 죽마고우는 매우 드물다. 중학교에 들어가는 순간, 휴전선보다 더 견고한 남녀유별 사상이 남녀를 견원지간으로 만들어 버리기 때문이다. 기열과 미해는 그런 시류에 굴하지 않고 중학교 시절에도 남녀 죽마고우를 유지한 참 드문 애들이었다.

미해에게 말을 걸지 못하겠으면 편지라도 써라, 책임지고 배달해 주겠다고, 기열이 부추긴 게 정확히 언제였는지는 기억이 나지 않지만, 그때부터 곰탱의 편지질은 시작되었다. 편지질에 목숨 걸다시피 하게 만든 게 누군데, 이제 와서 손발이 없냐니.

"솔직히 말해 보셔. 뭔 일 있었어?"

기열은 약 일분간 고뇌하더니, 입을 열었다.

"그래, 어차피 소문을 듣게 될 테니 내 입으로 말할게. 우리 동네가 소문 하나는 빠르잖냐? 벌써 우리 학교 애들은 다 알 거야. 너만 빼놓고."

"뭘?"

"나와 미해는 연인이 되었어."

곰탱은 가슴이 철렁했다. 혹시나 했던 일이 정말로 벌어진 것이다. 말이 남녀 죽마고우지, 남녀 죽마고우가 세상천지에 어떻게 존재할 수 있느냐고 생각하는 곰탱은 온갖 말로 기열을 떠보았었다.

이를테면 "너희들 연애하는 거지? 연애한다고 말하기가 낯 뜨거우니까 남녀 죽마고우라나 뭐라나 말 같지 않은 말로 둘러대는 거지? 진짜로 너랑 미해랑 나란히 걷는 것 보면 연애하는 것 같단 말이야. 솔직히 말해. 연애하는 거지? 지금은 안 하더라도 곧 할 거지? 죽어도 그런 일이 없을 거라고? 그러면 내 앞에서 맹세해. 죽어도 맹세를 못하겠다고? 왜? 할 이유가 없어서? 하여튼 미해한테 죽어도 흑심 품지 마. 미해는 내 거란 말이야!" 하는 식이었다.

기열은 한사코 남녀 죽마고우일 뿐 그 이상도 그 이하도 아니라는 말만 되풀이했었다. 기열이 기어코 배신을 때린 것이다. 이래서 맹세를 꼭 받아 놓았어야 했다.

"믿는 도끼에 발등이 찍혔군. 이럴 때 쓰기엔 별로 어울리지 않는 속담인가? 그럼 뭐라고 해야 하나? 눈 뜨고 당했다? 열 길 물 속은 알아도 한 길 사람 속은 알 수 없다더니? 아, 뭐라고 나의 이 황당무계하고도 참담하고 비참하고도 기가 막히고 슬프고도 화나고 짜증나는 마음을 표현해야 하나? 이보셔, 우리가 지금 결투라도 해야 되는 건가? 그깟 여자 하나 때문에? 어떤 사나이들처럼 오케이 목장에서 권총

들고 싸울 수는 없고, 공동묘지에 올라가서 새총 싸움이라도
벌여야 한단 말인가?"

"아이, 시끄러워."

"내가 지금 시끄럽지 않게 됐어?"

"우리는 뽀뽀도 했어. 뿐만 아니라……."

"뿐만 아니라!"

"갈 데까지 갔어."

"가긴 어딜 가? 설마!"

"혀를 주고받았어."

"혀만?"

"그럼 혀 말고 주고받을 게 또 있어?"

"불행 중 다행이구나."

"한마디로 말해서 나와 미해는 그 누구도 인정할 수밖에
없는 연인 사이라는 거야. 미해의 연인으로서 내가 너에게
말하겠다. 앞으로 미해한테 껄떡거리지 마."

곰탱은 미치고 환장할 것 같아서 약 오 분간 팔짝팔짝 뛰
다가, 지쳐서는 퍼더버리고 앉아 엉엉 울었다. 그 옛날 교실
에서 똥 쌌을 때 이후로 그토록 서럽게 울어 본 적이 없었다.

"너는 나를 원망할 자격이 없어. 미해도 너한테 관심이 있
었어, 아주 많이. 그랬으니까 소풍 때 너희 집까지 찾아갔
겠지. 그런데 너는 어쨌지? 무서워서 도망갔지? 거기까지는

좋아. 절세미녀가 쫓아왔을 때 못난 남자가 겁먹고 달아나는 일은 흔한 일이니까. 하지만 그 이후로가 문제였어. 미해가 자존심을 굽히고 네 집에까지 찾아갔었는데도, 넌 달라진 게 없었어. 넌 그 전에도 그랬듯이 미해를 훔쳐보다가 미해와 눈이 마주치면 황급히 땅바닥에 기어가는 개미를 관찰했어. 단둘이 만나자는 말은커녕 안녕이라는 그 흔한 인사조차 못했어. 볼펜 한 자루를 선물하지 않았어. 말도 안 되는 말만 씌어진 편지나 줄곧 써 보냈어. 내가 편지만 전달해 줬지, 그 편지 읽고 미해가 했던 말들은 전해 주지 않았지? 지금 해 줄게. 미해는 네 편지만 읽으면 골치가 지끈거려서 진통제를 먹어야만 했대, 한두 알도 아니고 서너 알씩이나. 영어에다 수학을 짬뽕한 것 같았대. 그래서 언제부턴가 네 편지를 읽지 않았대. 그래도 찢어 버리거나 태워 버리지는 않았대. 네 성의가 불쌍해서 차마 그럴 수가 없었다는 거야. 미해의 측은지심은 정말 드높지 않냐?"

"드높고도 드높구나."

"그래, 드높아. 성모 마리아 같은 여자지. 나는 미해의 육체적인 아름다움은 익히 알았지만—우리가 갓난쟁이 적에 발가벗고 교류하던 사이라는 거 지난번에 얘기해 줬지?—미해의 정신적인 아름다움은 이번 겨울방학 동안에 알게 되었지. ……지난 학기에 나는 진심으로 널 도왔어. 너랑 미해가 잘 되기를 바랐어. 평강공주와 바보 온달 얘기 알지? 그거였어. 너라는 바보가 미해라는 평강공주를 만나서 기적이라도 비롯기를. 그런데 겨울방학 동안 교회 학생회 활동을 같이하면서 나는 미해에게 우정이 아니라 사랑을 느끼게 되었어. 쌓이고 쌓인 우정이 한순간 사랑으로 전화했다고 할 수 있겠지.”

“그랬구나. 교회였구나! 교회가 내 사랑을 앗아 갔구나. 야, 교회가 연애하는 데야? 기도나 할 것이지 왜 사랑을 한 거야?”

“기도도 했어. 교회에서는 그밖에도 많은 일을 하지, 아주 좋은 일들을. 너도 교회 한번 나와 볼래?”

끝내 곰탱과 기열은 공동묘지에 올라가서 결투를 벌이지 않았다. 말만 하다가 말았다. 여러 가지 이유가 있겠지만 결정적인 까닭은 싸워 봤자 뻔했기 때문이다. 체격 조건에서 거의 두 배 차이가 났다. 그리고 곰탱은 열세인 체격 조건을 상쇄할 만한 무예도, 끈질기게 물고 늘어질 오기나 깡다구도 없었다.

당연한 일이겠지만 곰탱과 기열은 점점 멀어져, 보아도 못 본 척하는 사이가 되었다. 한 여자를 사이에 둔 남자들은 만나서 싸우거나 아예 만나지를 않거나 그렇게 될 수밖에 없는 모양이었다.

기열과 미해가 연인이거나 말거나, 교회 다니면서 좋은 일을 많이 하거나 말거나 개의치 않고, 곰탱은 계속 미해를 좋아했다. 편지도 계속 썼다, 우표를 붙여서. 교정에서 어쩌다 마주쳐도 언제 한번 만나자는 말은커녕, 안녕이라는 그 흔한 인사도 못하면서 꾸준히 좋아했다.

그리고 처음이자 마지막으로 미해와 본때 나게 어울릴 순간이 왔다.

이 나라의 모든 학부모들이 자식을 들여보내고 싶어 똥줄이 타는 서울대학교, 그 서울대에 다니던 박종철이라는 학생이 고문을 받고 숨진 날이었다.

아버지가 잔뜩 폼을 잡고 말했다.

"네가 고등학교 합격자 발표가 난 다음 날, 가방 안 갖고 등교해서 육체미인가 뭐시기인가한테 작살나게 터지고 왔을 때, 내가 네 머릿속을 뜯어 보고 싶었다. 머릿속에 똥만 들지 않고서야, 어찌 그런 기절초풍할 짓을 저지를 수 있다냐? 뒤지게 맞았으면 정신을 차려야 할 것 아니냐? 그런디 네가 요새 하는 꼬라지를 보니께 이 애비 가슴에 천불이 일라고 한다. 방학 동안 고등학교 기초를 완전히 닦아 놔야 나중에 번쩍번쩍대를 가든 그럭저럭대를 가든 똥통대를 가든 갈 거 아니냐? 근디 공부 한 자를 않고 강아지새끼처럼 놀아나기만 해? 이 똥 쌀 놈아."

"공부할 게 있어야 하쥬. 아직 고등학교 교과서도 못 받았잖유."

"그런 갈잖은 핑계를 댈 줄 알고 내가 돈을 준비했다." 하고는 아버지가 거금을 주는 거였다. 곰탱은 이 돈으로 영어, 수학 참고서만 사지 말고, 소설책도 사고 시집이란 것도 좀 사야겠다고 궁리하며 버스 창밖으로 흘러가는 눈 쌓인 들판을 바라보았다.

완행버스가 중학교께 정류장에서 한 번 섰다가 또 달리기 시작했는데, 곰탱은 눈이 번쩍 뜨였다. 다음 정류장에 미해가 서 있는 게 아닌가, 환상적인 모습으로. 옆에 기열이 자식만 없었다면 저 얼마나 아름다운 그림이랴.

한데 아무래도 둘이 싸우는 것 같았다. 버스가 정차할 때 미해의 손바닥이 공중에서 꺾어지더니 기열의 뺨따귀를 후려갈겼다. 우와, 깨소금이로다!

미해는 냉큼 버스에 올라탔고, 뺨 맞은 기열은 그 자리에서 냉동인간이 돼 버렸는지 꼼짝을 못했다. 버스가 다시 움직였는데도, 기열은 곰탱의 눈에서 사라질 때까지 그냥 그대로 서 있었다.

한데 미해가 어쩔 줄 모르고 있었다.

"아저씨, 잔돈을 깜박했어요. 어떻게 하죠?"

"뭘 어떻게 해. 들고 있는 오천 원짜리 그냥 내는 거지. 나는 절대 거슬러 줄 수가 없으니께."

"참, 야박하시네요!"라고 미해가 말하지 않았다면 운전사는 거스름돈을 내주었을지도 몰랐다. 곰탱이 보기에는 운전사의 말투는 장난스러웠다.

미해의 말에 확 열이 받은 운전사는 말투부터 바꾸었다.

"야박? 별 더러운 말을 다 듣네, 어린것한테. 내려! 너 같은 거 못 태우고 다녀."

이때 미해와 곰탱의 눈길이 마주쳤다. 곰탱은 얼른 완행버스표 한 장을 꺼내 요금통에 집어넣었다.

"제가 대신 냈슈!"

"안 돼, 안 받아. 내려!"

"지금 얘가 제정신이 아뉴. 애인 뺨 때리고 혼자 버스 탄 애가 무슨 정신이 있겠슈. 아저씨가 태평양보다 넓은 마음으로 이해해 주셔야쥬."

미해와 곰탱은 버스에서 아무 말도 하지 않았다. 버스에서 내렸을 때 눈이 펑펑 쏟아지기 시작했다. 분위기 맞춰 주려고 아주 적당한 때 내려 주네! 이래서 상상이든, 꿈 속의 일이든, 실제로 있었던 일의 재구성이든, 이야기 속은 신비로운 것이다.

미해가 물었다.

"어디 가?"

"책 사러."

"같이 가도 돼?"

"넌 갈 데 없어?"

"기열이랑 영화 보려고 했는데, 우습게 돼 버렸네."

곰탱과 미해는 읍에 딱 세 개 있는 서점 중에서 가장 역사가 오래된 아리랑 책방으로 갔다. 곰탱은 영어, 수학 참고서를 살 때, 미해의 향기에 취하여 이것저것 비교 대조해 볼 염도 못 내고 아무거나 막 샀다. 하지만 소설책 두 권만은 제대로 골라서 샀다.

서점에서 나왔을 때 미해가 말했다.

"우리 영화 볼까?"

"보면 좋겠지만 기열이한테 미안하잖여."

"그 자식 얘기는 꺼내지도 마. 내가 돈 낼 테니까 보러 가자."

그래서 곰탱은 난생처음 극장에서 영화를 보게 되었다. 그것도 꿈에도 그리던 미해와 나란히 앉아서. 꿈인지 생시인지 얼떨떨했다. 성룡이라는 사람이 처음부터 끝까지 날아다니며 긴장감과 웃음을 주는 영화였다. 하도 웃겨서 옆에 미해가 있는 것을 잠깐잠깐 까먹었다.

또 긴장이 돼서 손에 땀을 쥐는 것만으로는 부족하여 손에 닿는 것을 쥐었는데 그게 하필이면 미해의 손이었다. 발전소가 청라면에 하루 동안 공급하는 양보다 더 많은 전기가 발생했다.

"네가 영화 보여 줬으니까, 나도 뭔가 해 주고 싶은디."

"나, 돈가스라는 걸 꼭 한 번 먹어 보고 싶었어."

둘은 레스토랑이라나 뭐라나 하는 데로 들어가서 돈가스를 주문했다. 곰탱은 돈이 얼마나 나올지 몰라 떨었다. 미해랑 단둘이서 뭔가를 함께 먹는 기쁨보다, 돈이 주는 공포가 훨씬 컸다. 돈가스를 먹는지 돈한테 고문을 당하는지 알 수가 없었다.

데이트가 돈 몇 푼 때문에 이토록 초라해지는 것이었던가?

미해가 말이라도 많이 해 줬으면 좋겠는데 기열의 뺨따귀를 때린 게 목에 갈치 뼈처럼 박혀 있는지, 포크질만 열심히 했다.

이래서 너를 만나는 것을 두려워했다. 만나기 전에는, 상상 세계에서 너와 나는 암수 서로 정다운 꾀꼬리보다 더 정답게, 주유천하했다. 너와 나의 사랑은 막힘이 없었고 깊이를 잴 수가 없었다.

한데 만나고 보니 이러지 않느냐. 나는 돈 때문에 끙끙거리고, 너는 딴 남자 생각이나 하잖냐. 우리가 갈 수 있는 데는 겨우 서점과 극장과 레스토랑뿐이었잖냐. 우리의 만남은 고작 이런 것이다. 이럴 줄 미리 짐작했기에 그토록 널 안 만나려고 했던 거다.

곰탱은 얼른 미해와 헤어지고 싶었다. 미해를 상상 속에서

만 만나고 싶었다.

　청라면으로 돌아가는 버스를 탔다. 곰탱은 아까 샀던 소설책 중에서 한 권을 미해에게 내밀었다.

　"너에게 처음이자 마지막으로 뭔가 주고 싶어."

　"관촌수필?"

　"제목에는 수필이라고 했는데 소설이야. 우리 고을 분이 썼어. 우리 청라면 얘기도 가끔 나와. 난, 난 말이지 이 『관촌수필』보다 더 뛰어난 소설을 쓰는 게 꿈이야."

　"나를 쟁취하는 게 아니고?"

　"사랑은 소설보다 힘든 것 같아."

　"그래, 꿈을 먹고 사는 젊은이는 아름답다더라. 네 꿈을 꼭 이루도록 해. 내가 가끔 네 꿈을 찾아갈게. 찾아가서 기분 내키면 뽀뽀도 해 줄게. 그 이상은 안 돼."

　"뽀뽀도 황송하지. ……아니, 저거 기열이 아냐?"

　버스 정류장에 기열이 네 시간 전 그 모습 그대로 얼어 있었다, 눈사람이 되어. 곰탱은 감탄하지 않을 수 없었다.

　"완전 망부석이구만. 여자를 기다리다 설석(雪石)이 돼 버린 사나이. 미해야, 뭔 일인지 모르겠지만 네가 마음 풀어. 기열이 썩 괜찮은 사나이야. 종교에 중독되었다는 게 거시기할 뿐 어디 하나 꼬집을 데가 없는 애야."

　미해는 곰탱에게 미소를 지어 보이고는 버스에서 내렸다.

달리는 버스에서 바라보노라니, 미해는 망부석이 된 기열을 꼭 껴안았다.

우아, 저것들이 영화 찍고 자빠졌네. 그림 좋다, 좋아!

곰탱은 두 녀석이 잘 어울린다는 것을 인정하고 말았다.

집중호우

　태풍 셀마가 남해안 지역을 작살냈을 때, 나는 텔레비전 앞을 떠나지 못했다. 텔레비전은 남해안 사람들이 물 속에서 허우적대는 것을 시종일관 실감나게 보여 주었다. 영화보다도 스릴이 넘쳤다. 국민의 한 사람으로서 대성통곡해도 시원찮을 판국에 스릴을 맛보다니, 나는 큰 죄를 지은 것만 같아 소스라쳤다.

　확실하게 죽은 사람이 백여 명이나 되고, 실종돼서 죽은 거나 마찬가지인 사람이 이백오십여 명이나 되는 그 끔찍한 물난리를 보고도, 나는 끝내 눈물 한 방울 흘리지 못했다. 안 나오는 눈물을 어쩌란 말인가?

　대신 웃음이 나왔다. 뭐 이런 나라가 다 있나, 기가 막혀서 말이다. 태풍 한 번 몰아치고 비 좀 왔다고 해서 그 많은 사람이 죽다니, 이게 진정 나라냔 말이다.

어쨌거나 나는 인간의 탈을 쓰고 울지는 못할망정 웃었다. 식구들도―나처럼 웃지는 않았지만―애도하는 분위기는 아니었다. 우리 마을 사람들도 마찬가지였을 것이다. 남해안, 너무 먼 곳의 날벼락이 아닌가. 나의 불행, 가족의 불행, 마을의 불행이 아닌 이상, 데면데면할 수밖에 없는 것이다.

지난 뒤니까 하는 말이지만, 그래서 천벌을 받은 것일까?

태풍 셀마는 무자비한 살육을 저지르고 동해안으로 유유히 빠져나갔다. 다 끝난 건 줄 알았다.

그랬는데 22일 밤이었다. 방학 첫날이었다. 엄청난 비가 쏟아지기 시작했다. 남해안에 그 많은 비를 뿌릴 때 지역차별 하는가, 이 충청도 땅에는 가랑비 한소끔 안 내린다고 하늘에 삿대질하던 아버지는 파안대소했다.

그랬던 아버지가 아홉시 뉴스 할 무렵 물꼬를 보러 나갔다가 퍼렇게 질려서 돌아왔다. 흙탕물이 아버지를 뒤쫓아 들어왔다. 그리고 이장님네 바깥마당 감나무 꼭대기에 붙은 스피커가 우렁우렁했다.

"동네 사람들! 난리 났슈! 제방이 무너졌슈! 긴급 대피! 에, 대피 장소는, 산 너머, 동봉국민핵굡니다. 몸만 빠져서 빨리 대피하시기 바랍니다! 뭐 챙기고 할 시간이 없습니다!

왔다, 벌써 마루까지 왔네! 여러분 국민학교에서 봅시다! 빨랑 대피하십쇼!"

우리 집은 이장님네 집과 붙어 있다시피 했다. 이장님의 마이크 소리가 멈추자마자, 마루에서 뛰어오른 물덩이가 안방 문을 때렸다. 우리 식구는 기겁해서 뒤꼍으로 달아났다. 뒤꼍의 비탈을 허겁지겁 기어올랐다. 이 집 저 집에서 사람들이 봉두난발로 뛰쳐나왔다. 비를 퍼붓는 하늘은 암흑이었다. 사람들이 켜 들고 우왕좌왕하는 플래시 불빛 사이로 스멀스멀 다가오는 물바다가 보였다가 사라졌다가 했다.

우리 식구는 산꼭대기를 향하여 달리고 달렸다. 이 정도면 되었지 싶어 뒤를 돌아보니 거대한 물더미의 갈퀴가 눈앞에서 희번덕거렸다.

나는 무언가에 걸려 쿵 넘어졌다. 무언가가 울부짖었다. 살려 달라고! 이장님 딸 정애라는 걸 알아보았지만, 나 도망가기도 바빴다. 잘코사니다. 우리는 중학교 때까지만 해도 단짝으로 지냈다.

너, 그런데 고등학교 들어가더니 나를 사람 취급도 안 했어. 공부 못하는 놈이랑은 아는 체하기도 싫다 이거잖아? 내가 널 얼마나 좋아했는데, 그렇게 사람을 무시할 수가 있냐고?

나는 멈춰 서고 말았다. 공부만 잘하면 뭐 해. 뜀박질 하나를 제대로 못하냐. 뒤돌아서 달렸다. 물더미가 내 무릎을 지나쳐 갔다. 벌써 죽었겠다. 정애가 죽으면, 내가 죽인 거나 마찬가진데. 아, 정애! 물더미가 내 허리를 지나쳐 갔다. 내가 포기하려는 찰나 몇 발짝 떨어진 곳에서 처절한 비명이 들려왔다. 정애가 통나무를 붙잡고 바동거리고 있었다.

나는 물을 첨벙거리며 정애에게 다가갔다. 나는 악을 썼다!

"업혀, 빨리!"

정애가 통나무를 끌어안고 있던 손을 풀어 내 어깨를 붙잡았다. 정애의 온 힘이 느껴졌다. 토끼를 태우고 용궁에서 나오던 거북이의 심정이 이랬을까. 살아야 한다, 살아야 한다, 주문을 외우면서 나는 달리고 또 달렸다.

물더미가 무릎께서 찰랑거렸다. 가까운 곳에서 플래시 불빛들이 박신박신했다. 아, 살았구나! 한숨이 나왔다. 살아야 한다는 일념 빼고 아무것도 없었던 머릿속이 서서히 개었다. 정애가 꽤 무겁다는 생각이 들었다. 이제는 내려놓아도 되겠지.

그때 정애가 속삭였다.

"제석아, 나 팬티도 안 입었어. 나뭇가지에 걸려 가지고 다 벗겨졌어……"

"그럼 벌거숭이여?"

"티셔츠 하나 입었어."

그제야 나는 고삐리 여자애의 아랫도리 살갗이 느껴졌다.

내 본능이 불쑥 하더니 커졌다. 이 와중에도 서지냐? 내 본능이지만 참으로 때와 장소를 가리지 못했다. 나는 정애를 내려놓고 후닥닥 반바지를 벗었다. 트렁크 팬티를 입었던 게 참 다행이다 싶었다. 삼각팬티를 입었어도 반바지를 벗어 줄 수 있었을까?

나는 산마루터기에서 정애를 이장님께 인계했다. 이장님은 아줌마한테 한바탕 혼이 났다. 딸이 발목이 접질려서 쓰러진 것도 모르고 도망질을 쳤다는 것이다. 이장님은 억울해했다.

"임자랑 먼저 달아난 줄 알았지."

쏟아지는 억수비가 칠흑같이 어두운 밤에 수리산을 넘게 될 줄이야 어찌 알았을까. 우리 마을 사람들은 열댓 명씩 뭉쳐서 산을 넘었다. 전쟁 드라마에서 보던 피난민 행렬 같았다. 몇 개의 마을을 지나쳤지만 불 켜진 집이 없었다. 박씨 아저씨가 말했다.

"다들 자는 거여, 전기가 나간 거여?"

물난리를 만나서 도망쳐 온 다른 마을 사람들을 만났다. 그들의 몰골도 말이 아니었다.

동봉국민학교로 들어갔다. 학교 소사 아저씨가 "이 무슨 난리랴!"라는 말을 연신 읊조리며 교실 문을 열어 주었고, 양초를 가져왔다. 역시나 전기가 나가 있었다. 어른들은 창가에 양초를 죽 세우고 불을 붙였다. 비로소 교실 안의 어둠이 걷혔다. 한꺼번에 동네 사람들을 보니 참으로 끔찍했다. 방금 물에서 건진 걸레들이 옹기종기 모여 있는 듯했다. 물귀신들이 반창회 하는 것 같았다.

몇 개의 마을에서 사람들이 또 밀려왔다. 작은 학교는 시골 장이 선 듯 북적거렸다. 어림잡아 삼백 명은 되는 것 같았다. 그 국민학교는 교실이 일곱 개밖에 없었다. 교실의 책상과 걸상을 꺼내 복도에 죽 쌓았다. 늙고 젊고 어린 것은 고려하지 않고, 동네도 따지지 않고, 남자 여자로만 구분해서 각각 세 칸씩 쓰기로 했다.

나머지 교실 한 칸은 공부방으로 하기로 했다. 학생들은 하늘이 무너져도 공부해야 한다는 거였다. 정말이지 고3 선배들은 공부를 시작했다. 어마어마한 시간이 흐른 것 같은데 겨우 자정이 조금 넘어 있었다. 고3은 아직 공부할 시간인 모양이었다.

아이들과 노인들은 교실 여기저기에 눕고 너부러지고 주저앉았다. 아저씨들은 둥그렇게 둘러앉아 담배를 뻑뻑 피워 댔다. 아주머니들도 얼기설기 모여 앉아 아닌 밤중에 홍두깨 같은 날벼락을 성토했다.

사람은 참 간사한 동물이 아닐 수 없었다. 사경을 헤맬 때는 그저 목숨만 부지하게 해 주십쇼, 였는데 안전지대에 도착하여 숨을 제대로 쉴 수 있게 되자, 몸만 빠져나오느라 챙길 염도 못한 채 버려두고 온 것들이 애달픈 거였다. 아주머니들은 집에 있는 물건들을 사무친 목소리로 불러 댔다. 목숨은 건졌지만 살아가는 데 필요한 3대 필수 조건인 의식주를 송두리째 수장해 버리고 왔으니 오죽하겠는가.

한데 미치고 환장하겠다. 학생이라는 놈이 교과서 한 권 못 챙겨온 주제에 나는 간절하게도 거시기가 한판 치고 싶었다. 정애의 벌거벗은 아랫도리를 등에 업었다는 사실이, 정작 업었을 때는 느끼지도 못했던 그 사실이, 갑자기 명료하게 떠올랐다. 그 명료한 기억이 짐승 같은 놈을 벌떡거리게 만든 것이었다.

나는 원래 하루에 한 번 이상 거시기를 해야만 잠들 수 있는 놈이었다. 자정이 되기 전, 바로 이때가 거시기를 하는 시간이다. 아주머니를 비롯한 여학생들의 옷이 흠씬 젖어서 몸의 윤곽을 아릿하게 비쳤고 명료한 기억까지 가세하니, 미치고 환장할 지경인 거였다.

하지만 지금 상황에서는 도저히 엄두가 나지 않았다. 도대체 어디 가서 한단 말인가? 삼동네 사람들이 꽉 들어차 있는, 한 몸 조용히 숨어 있을 곳이 없는 이 학교에서. 그보다도 천재지변을 당한 상황에서 거시기 생각을 하다니, 대체 정상적인 인간이라 할 수 있냔 말이다.

어른들이 학교 마을 사람들에게서 입고 덮을 것을 조달해 왔다. 학교 마을 사람들은 전기 끊어지고 전화 불통 될 정도의 비가 오는 줄은 알았지만, 제방이 무너지고 사람들이 생난리를 칠 정도로 큰비가 내린 줄은 까마득히 몰랐다. 같은 사람 사는 땅이건만 산 하나를 사이에 두고 하늘과 땅 차이였다. 세상 어두운 것을 다행으로 알고 러닝셔츠와 트렁크 팬티 한 장으로 의연히 버티던 나도 얼른 반바지를 꿰었다.

하도 사람들이 많아서 정애와 단둘이 말 한마디 나눌 기회가 없었다. 마침내 기회가 왔다. 새벽 두 시쯤 되었을까, 화장실에서 나오는데 정애가 여자 화장실 앞에서 줄을 서고 있었다. 나는 정애의 아랫도리를 상상하며 화장실에서 거시기를 하고 나오던 참이었다. 범죄자가 경찰과 마주치기라도 한 듯, 나는 소스라치게 놀랐다.

정애가 속삭이듯 말했다.

"고마워. 너 아녔으면 죽을 뻔했어."

"워칙히 갚을래?"

"평생 은인으로 생각할게."

"그럼 나랑 결혼하자."

결혼이라니, 내 입을 찢어 버리고 싶었다.

"결혼? 하자면 해야지. 하지만 우리 나이가 아직…… 스무 살도 안 됐잖아."

여자 화장실에서 조씨 아주머니가 나왔고, 정애는 깜짝 놀라는 시늉을 하며 화장실로 뛰어 들어갔다.

세상을 잡아먹어 치우려고 작정한 듯한 장대비 속에서도 동은 터 왔다. 뜬눈으로 밤을 지새운 삼동네 사람들은 라면을 끓여 먹었다. 학교 마을 사람들이 가스레인지 같은 취사 도구를 빌려 주었고, 학교 앞 구멍가게 창고에서 삭아 가던 라면 박스가 죄다 개봉된 것이었다.

라면은 끔찍하게도 맛있었다. 나만 그런 게 아니었다. 모두가 지난밤에 죽을 고생을 하며 심신이 시달려서 그런지 극도로 허기져 있었다. 모두가 한 가닥이라도 더 건져 먹으려고 허발을 했다. 배가 부르자 여기저기서 웃는 소리가 났다. 어떻게 보면 잔칫집 같기도 했다.

비는 정오에 그쳤다. 헬리콥터가 나타나더니 라면과 생수 등, 생필품이 담긴 박스 여남은 개를 떨어뜨려 주고 갔다. 고무보트를 타고 온 면사무소 직원은 면 전체에서 확실히 죽은 사람이 십여 명, 실종자가 삼십여 명이라고 했다.

대피할 겨를도 없이 물더미에 휩쓸려 죽고, 물건 한두 가지를 건져 보겠다고 늑장을 부리다가 죽고, 산사태로 집이 무너져 죽고, 계곡에 고립되었다가 오한에 죽고, 다른 이를 구하려 죽고, 빗속의 교통사고로 죽고, 정말 많은 사람이 죽었다고 했다. 사상자와 실종자는 시간이 갈수록 늘어났으며, 육천오백여 세대 만이천여 명이 우리 마을 사람들처럼 이재민이 되었다고 했다.

이장님은 침울한 목소리로 우리 마을의 실종자 한 명을 신고했다. 기역자 할머니가 안 보이는 거였다. 팔순이시라든가, 구순이시라든가, 아무튼 무척 늙은 그 할머니는 기역자처럼 꼬부라진 몸으로 지팡이와 함께 다녔다. 고령과 불편한 몸에도 남의 손을 빌리지 않고 혼자 먹고사는 할머니였다.

김씨 아주머니가 말했다.

"그러고 보니께 울어 줄 사람 하나 없는 분만 못 빠져나왔구만."

또 이씨 아저씨가 말했다.

"그러니께 어찌 됐든 자식이란 게 있어야 뎌."

마을을 집어삼킨 물은 빠질 생각을 하지 않았다. 산꼭대기에서 물바다를 바라본 어른들은 애꿎은 담배만 태워 댔다. 김씨 아저씨가 탄식했다.

"어떻게 지붕도 안 보일 수가 있나."

학교 마을은 비가 그친 지 두 시간도 못 돼 빗물을 거의 찾아볼 수가 없었다. 지대가 워낙 높아서 빗물이 고이지 않았고, 땡볕이 쏟아졌기 때문이다.

아이들만 신이 났다. 미취학 아동들은 공기놀이, 땅따먹기를 했고, 중학교 국민학교 다니는 애들은 축구공 하나에 목숨 건 듯이 뛰어다녔다. 평소 학교 다니느라 불알친구들끼리 모일 기회가 없었는데, 잘 모였다, 이참에 신나게 놀아 보자 는 듯 활기찬 분위기였다.

고등학생들은 영어 단어를 외우고 수학 문제를 풀었다. 공부 잘한다고 소문난 고삐리들답게 확실히 자세들이 돼 있었다. 하지만 평소 공부는 않고 소설책만 읽는다고 소문난 정애는 보이지 않았다.

아주머니들은 나무 그늘에 돗자리를 깔고 앉아 넋 나간 듯 앉아 있었다. 아주머니들은 이 느닷없는 불행이 도무지 믿어지지 않는 듯했다. 학교 마을 아주머니 하나가 찾아와 말했다.

"이러구들 있어 봐야 뭐 한대유. 우리 집 가서 만물 옥수수나 땁시다. 품값은 넉넉히 드릴 테니께."

삼동네 아주머니들은 종일 논밭에서 일하는 게 습관이 된 분들이라 아무 일 하지 않고 가만히 있는 것이 갑갑하기도 했던 모양이다. 죄 따라나섰다.

아저씨들은 대낮부터 술판을 벌였다. 아저씨들은 누군가를 원망하고 싶어했다. 집중호우를 족집게처럼 예보해 주지 못한 기상청, 부실하게 무너진 제방, 그 제방을 부실하게 만든 군청, 하필이면 우리 면에 집중호우를 내린 하늘에 계신 분, 아니면 이런 일을 당해야만 하는 운명 등등. 아저씨들은 생각할 수 있는 모든 것을 도마에 올려놓고 욕설로 난도질했다. 그렇게라도 하지 않고서야 어찌 이 무정한 대낮을 견딜 수 있었겠는가.

나는 공부하는 고삐리의 대열에 끼이지 않고, 축구공에 목숨 건 중학교, 국민학교 후배들 사이에 끼여 땀을 뻘뻘 흘렸다. 좀 쪽팔리기는 했지만, 공부하기는 싫었다. 그런데 날아오는 공을 헤딩 하려고 점프하다가 옥상에 있는 정애를 발견했다.

나는 축구판을 빠져나와서 옥상으로 올라갔다. 옥상에는 파라솔 하나가 썩어 가고 있었고, 그 파라솔 아래 신문지를 깔고 정애가 엎드려 있었다. 내 반바지를 입은 정애의 허벅다리가 영롱해 보였다. 나는 침을 꿀꺽 삼켰다.

나는 슬금슬금 다가갔다. 문득 못된 생각을 했다. 나는 생명의 은인이잖아. 정애는 책을 보고 있었다. 내가 덜덜 떠는 소리를 들은 모양이었다. 정애가 벌떡 일어나 책으로 제 아래를 가리는 시늉을 했다.

“왜? 내가 잡아먹을까 봐?”

“그게 무슨 소리야? 뜬금없이.”

“아니, 뭐 입을 거 다 입은 상태에서 가리기에.”

“그러게 내가 왜 그랬을까. 너 이상한 생각 했지?”

나는 뺨 한 대 맞은 듯 멍해져서 말을 돌렸다.

“그거 소설이지? 이 상황에서 소설책이 읽히니? 난 공부하는 사람들은 이해하지만 소설 읽는 사람은 이해 못하겠다. 그렇게 할 일이 없으면, 아주머니들 따라가서 옥수수나 따지 그래."

"웬 시비야, 그러지 않아도 더워 죽겠는데. 그럼 이 상황에서 축구나 하고 자빠진 너는 뭐니? 축구도 별로 못하더만. 중학생 애들보다도 못하냐, 어떻게?"

정애는 축구 못한다는 말이 남자 청소년에게 얼마나 큰 상처를 주는 말인지 아는 것일까. 모르니까 저런 소리를 하는 것일 테다. 안다면 생명의 은인한테 정녕 그런 말은 못하리라. 나는 정애의 무식을 이해하기로 했지만 수치심에 얼굴이 발개지는 것을 어찌해 볼 도리가 없었다. 그리고 입에서 멋대로 튀어나오는 말도 막을 수가 없었다.

"메주같이 생긴 게 암탉 소리를 하네."

정애가 배시시 웃으며 즉각 대꾸했다.

"전교 꼴등 주제에 입만 더러워 가지고."

내가 부글부글 끓어오르는 속을 움켜쥐고 이 계집애를 어떻게 할까 궁리하는데, 정애가 갑자기 울상을 했다. 그러더니 눈물을 흘리며 끅끅 울어 대었다.

"왜 그래, 왜 우는 거야?"

"제석아, 내 책들 어떻게 하면 좋아. 내가 중학교 일학년 때부터 사 모은 소설책들 다 어떻게 해?"

"난 또 뭐라고. 그깟 책 때문에 우는 거야? 목숨을 건졌으면 됐지, 책이 뭐 대수라고."

"물에 젖으면 책은 끝장인 거겠지?"

"당연하지."

"아으, 내 책들 불쌍해서 어째. 주인 잘못 만나 가지고……."

정애는 서럽게 울어 댔다. 하지만 울음소리는 별로 나지 않았다. 정애가 이를 악물고 울음소리가 멀리 퍼지지 않도록 애썼기 때문이다. 나는 가만히 있기가 뭐 해서, 정애의 등짝을 토닥토닥해 주었다. 정애의 작은 울음소리가 내 골수에 박히는 것 같았다. 정애는 슬프니까 우는 것이겠지만, 나로서는 꽤 좋은 분위기였는데, 이 분위기를 깨는 놈들이 있었다.

고3 선배들이 담배 태우러 올라왔던 것이다. 선배 하나가 말했다.

"너희들 사귀냐?"

정애가 울음을 뚝 그치더니 나를 밀치고는 달아나 버렸다.

아주머니들이 돌아왔다. 역시 노동은 사람을 힘차게 하는 모양이었다. 일하고 돌아온 아주머니들은 생기를 되찾은 듯했다. 왁자지껄 떠들어 대며, 품값 대신 잔뜩 받아 온 옥수수를 쪘다. 부녀회장 아주머니가 술에 취해서 너부러진 어른들을 깨웠다.

"밥 먹고들 자소. 밥을 먹어 둬야, 수해 복구를 할 것 아닌 개비."

그렇게 옥수수 잔치가 벌어졌다.

전기가 들어온 학교는 밝았다. 밤새 아주머니들은 수다를 떨었고, 아저씨들은 다시 술판을 벌였으며, 어린아이들은 칭얼댔고, 고등학생들은 공부를 했고, 중학생들은 또다시 축구를 했다. 야간시합이라나.

나는 정애랑 단둘이 있는 틈을 호시탐탐 노렸지만, 정애는 공부하는 교실에서 꼼짝도 하지 않았다.

다음 날 정오, 마을에 물이 빠졌다. 마을 사람들은 다투어 산을 넘었다. 성한 집이 없었다. 마을의 길도 모두 사라졌다. 한마디로 마을은 미사일 폭격이라도 맞은 것처럼 폐허가 돼 있었다. 학교에서 단체로 피서라도 하듯 화기애애했던 아주머니들은 주저앉아 대성통곡을 했다. 여학생들도 아이들도 울었다. 대성통곡이 언제 그 큰비를 뿌렸냐는 듯 쨍쨍한 하늘을 갈기갈기 찢어 댔다.

아저씨들은 울지 않았다. 대신 욕을 해댔다. 남학생들도 아저씨들을 따라 욕을 했다. 마을을 이렇게 만들어 버린 절대자를 향해.

하지만 슬픔은 오래 지속되지 않았다. 어른들은 세상을 오래 살아 보아서 슬픈 일에 도통한 듯했다. 어른들은 슬픔을 재빨리 뒷전으로 팽개치더니 사후 약방문을 쓰기 시작했다. 누가 먼저랄 것도 없이 무너진 제방을 향해 달려간 거였다. 장마전선은 여전히 한반도의 허리 위에 높다랗게 올라앉아서 호시탐탐 비 뿌릴 데를 찾고 있었다. 집과 마을을 복원하는 것보다 제방 복구가 우선이었다.

학생들도 돌멩이를 나르고 흙을 퍼 담았다. 나와 정애는 일하는 틈틈이 뜨거운 눈빛을 나누었다. 정애는 단둘이 있는 상황은 피하려 해도 내 눈빛은 피하지 않았다. 나는 알 수 있었다, 나만 사랑에 빠진 것이 아니라는 걸. 정애도 사랑에 빠진 것이다.

우리는 십여 년 동안 죽마고우였고, 중학교 다닐 때도 꽤 좋은 친구였다. 우리가 고등학교 들어가서 잠시 데면데면했던 것은, 우정이 사랑으로 승화하기 이전의 과도기였다. 나는 그렇게 믿었다. 물론 착각인지도 몰랐다.

나는 땀인지 눈물인지 진흙인지 모를 것을 손등으로 훔치며 생각했다. 똑같은 슬픔을 되풀이해서 당하지 않기 위해서는 사후 약방문이라도 써야만 하는 건가 보다. 소 잃고 외양간 고치는 격이라 할지라도, 또다시 소를 잃지 않기 위해서는 외양간을 고쳐야만 하나 보다.

날이 새까맣게 저물었고, 제방에 달라붙어 있던 남녀노소들은 또 피난민 행렬로 산을 넘었다. 다시 라면과 옥수수 파

티가 벌어졌다.

해가 뜨기도 전에 삼동네 사람들은 제방으로 달려갔다. 군바리 아저씨들이 포클레인을 몰고 나타났다. 남자 어른들만 제방에 남고, 아주머니와 학생들과 노약자들은 마을로 돌려보내졌다. 마을의 고지대 집부터 차례로 치우기 시작했다. 아주머니와 남학생들은 방까지 들어와 있는 흙을 퍼냈고, 여학생들은 이불과 옷을 빨았다.

나는 정애와 가끔 마주쳤다. 나도 땀투성이였고, 정애도 땀에 흠뻑 젖어 있었다. 우리는 눈빛을 주고받았다. 우리 마을이 복구되어 가는 동안, 우리의 사랑도 알알이 익어 갈 터였다. 나는 그렇게 믿었다.

올 장마는 참으로 지독한 악귀가 아닐 수 없었다. 태풍 셀마와 더불어 남해안에서 광포한 살육을 저지른 지 일주일도 못되어, 금강 유역을 송두리째 물 속에 가둬 놓고 더욱 많은 목숨을 잡아먹더니, 다시 닷새 뒤에는 수도권 지역을 물바다로 만들었다. 수도권에서도 한나절 집중호우에 무려 오십여 명이 죽었다. 불과 십여 일 동안 남해안, 충청도, 수도권이 차례로 비의 공격을 받았고, 육백여 명이 저세상으로 떠난 것이다.

복구 작업 일주일째에 기역자 할머니의 주검이 나왔다. 기역자 할머니가 혼자 살던 집은 산사태를 맞아 흔적도 없이 사라지고 없었다. 제방 공사를 마무리한 포클레인이 마을로 들어와 흙더미를 헤집었고, 이미 꽤 썩은 할머니의 시체가 나온 것이었다.

아주머니들이 한꺼번에 울음을 터뜨렸다. 그간 참았던 울음들을 한바탕 쏟아 냈다. 아저씨들은 울음소리를 내지 않았지만, 눈물이 그렁그렁했다. 나도 아주머니들처럼 울고 싶었지만, 그놈의 사나이 체면 때문에, 아저씨들처럼 눈물만 그렁그렁했다. 정애가 내 가슴에 얼굴을 파묻고 꺼이꺼이 울었다.

정애의 눈물이 내 가슴을 뜨겁게 적셨다. 도대체 우리는 무슨 일을 겪은 것일까. 하늘이 시키면 것이 또 한바탕 쏟아질 듯했다.

소나기눈

지금은 석간신문이 하나밖에 없지만, 석간신문이 대여섯 가지나 되던 때, 상큼은 상업고를 다니고 있었다. 서울올림픽을 한다고 세상이 온통 들떠 있을 무렵이기도 했다.

상큼은 학원비라도 제 힘으로 벌어 볼까 해서 석간신문 배달을 했다. 그 신문지국에는 여섯 명의 배달 청소년이 있었는데, 여자는 상큼 하나뿐이었다. 남자애들은 한 명만 제외하고 다 인문계 학교를 다녔다.

남자애들 중 유일하게 인문계가 아닌 배천은 농업고에 다녔다. 배천은 학교를 대충 다니는가 보았다. 새벽과 오후엔 신문을 돌렸고, 저녁과 밤에는 당구장에서 닭돌이를 했다. 주말엔 당구장이 끝난 뒤 나이트클럽에 가서 접시도 나르는

가 보았다. 그렇게 돈 버는 얘기를 배천은 자랑스럽게 늘어놓았고, 이렇게 덧붙였다.

"난 스물이 되기 전에 천만 원을 벌 거야. 벌써 사백을 벌었거든. 천만 원이 되면 그걸로 포장마차를 차릴 거야. 군대 가기 전까지 오천만 원을 모을 거고, 군대 가서도 돈을 벌 거야. 해안가 고장 출신은 대학을 안 다니면 다 방위로 빠지거든. 나도 백 퍼센트 방위가 될 수밖에 없는 거지. 그게 싫어서 해병대 가는 애들이 있어. 그것도 폼 나겠지만, 난 생각이 달라. 인생은 짧고 돈 벌 시간은 더 짧아. 하늘이 베풀어 준 시간을 거부할 이유가 없어! 방위를 다니면 밤에는 돈을 벌 수 있어. 나이트클럽 웨이터, 이거 돈 정말 많이 번다. 방위 끝나면 건축 회사를 차릴 거야. 앞으로 봐 봐, 건축의 시대가 올 거라고. 우리 고장의 들판, 황무지도 싹 뒤엎어질 거라고. 서른이 되기까지는 십억을 벌 수 있겠지……."

상큼은 듣기에 질려서 배천의 말을 끊었다.

"넌 재벌이 되고 싶은 거구나."

"그래, 맞아. 난 재벌이 될 거야. 대학? 그까짓 게 무슨 소용이지? 돈이 최고야. 돈이 말하는 세상이야. 너나 나나 지금은 실업계 다니면서 인문계 애들한테 괄시받지만, 스물 넘으면 얘기가 달라질걸. 너도 곧 취업해서 돈 벌 거 아니니?"

인문계 아이들은 대학 진학이라는 인생의 목표가 있었고,

농업고 다니는 배천은 재벌이라는 인생의 목표가 있었는데, 상큼은 사실 인생의 목표가 없었다. 상큼은 일학년 때부터 학원에 다녔다. 그리고 다른 애들보다 노력했다고 자부했다. 주산, 부기, 타자 등 모든 면에서 급우들보다 한두 급수가 높은 자격증을 땄다는 것이 그 증거가 될 터였다.

운이 약간 따른다면 모두가 꿈꾸는 은행에 취업할 수 있을지도 몰랐다. 아무리 운이 안 따르더라도 웬만한 데는 취업할 자신이 있었다. 경리 구하는 데는 얼마든지 있다니까. 하지만 그 취업이란 게 인생의 목표가 될 수는 없다고 생각했다.

상큼이 맡은 배달 구역은 시내였다. 읍에서 막 시로 승격한 그곳은 새로운 상가 건물이 속속 들어서고 있었다. 먼 동네까지 배달하는 남학생들은 자전거를 타고 다녔지만, 상큼은 밀차를 끌고 다녔다.

인문계 남학생들은 배달이 끝나면 부리나케 야간 자율학습인지 타율학습인지를 하러 달려갔지만, 배천은 자전거를 탄 채로 상큼을 졸졸 따라다녔다. 배천은 배달을 도와주고 싶어 했지만, 상큼은 도움을 사양했다.

배천은 화이트데이 때, 상큼에게 큼지막한 상자를 내밀었다. 왕사탕이 백 개 정도 들어 있을 것 같았다. 그러나 상큼은 받지 않았다.

"네가 이걸 왜 주는지 모르겠어. 받을 수 없어."

"정말 모르겠어? 사귀자는 거야."

"난 싫거든. 내 주제에 무슨 연애니?"

상큼이 정나미 떨어지게 거절했음에도, 배천은 무슨 날만 되면 선물을 주려고 했다. 포장 상태만 보아도 대단한 정성과 놀랄 만한 물품이 들어 있음을 알 수 있었다. 하지만 상큼은 한결같은 태도를 보였다.

"백날 내밀어도 소용없어. 난 연애에 손톱만큼도 관심 없단 말야."

그런데 선물을 받을 수밖에 없게 되고 말았다. 그날도 배천이 뭘 내밀었는데, 생리 중이었던 상큼은 좀 신경질적으로 말했다.

"너, 참 질기다. 너처럼 멋진 애가 왜 나한테 관심 갖는지 모르겠어. 너는 키도 크고 체격도 좋고 벌써 자수성가하고 있고 성격도 좋고, 농고 다닌다는 게 유일한 흠이지만—아, 학벌을 따지는 애들이야 머리에 든 거 없는 애들일 테지, 그런 애들은 안 만나는 게 좋을 거야. 그러니 그것도 흠이 아니겠구나!—그런 네가 왜 나처럼 아무것도 아닌 애한테 이러는지 모르겠어. 게다가 나 고아인 것 너도 알잖아? 언니가 열두 시간씩 공장 다니면서 번 돈으로 학교 다니는 신세 편한 년이라고⋯⋯."

"고아인 게 무슨 상관이야? 둘이 좋으면 되는 거지. 뭐, 나도 고아나 마찬가지야. 알코올 중독자 아버지에 집 나간 엄마에. 네 말대로 난 너무 멋진데, 대체 왜 네가 나를 싫어하는지 모르겠어."

"싫어하는 게 아냐. 관계를 맺고 싶지 않은 거야. 난 누구한테도 신세 지고 싶지 않고, 누구에게 마음 주기도 싫어. 난 외롭게 살아갈 거야. 그게 내 숙명이라고 생각해."

"그러니까 내가 싫다는 건 아니지?"

"싫다고 했잖아. 넌 대체 몇 번이나 말해 줘야 알아듣니?"

"백 번 찍어서 안 넘어가는 나무 있을까."

"천 번을 찍어 봐. 나는 나무가 아니어서 넘어가지 않아."

이렇게 노골적으로 입에서 나오는 대로 말을 하기는 했는데, 배천의 상심한 얼굴을 보자니 괜스레 미안한 마음이 들기도 했다. 그래서 별생각 없이—진심이었을지도 모르지만—덧붙였다.

"선물도 그래, 네가 백 원짜리 머리핀을 사 준다면 모르겠어. 이렇게 부담스러운 선물을 주면 어떻게 받아. 받으면 주기도 해야 되는데, 난 아무것도 줄 수가 없잖아?"

그랬더니 그때부터 툭하면 몇 백 원짜리—절대로 천 원이 넘지 않는—선물을 내밀었다. 껌, 핀, 엽서, 볼펜 등과 같은 자질구레한 것들을.

겨울 어느 날, 상큼은 집에 안 들어가기로 작정했다. 아무리 생각해도 언니가 야속했다. 언니가 사랑에 빠진 것은 확실해 보였다. 상큼은 언니의 남자를 만난 적도 있었다. 그 남자도 공장에 다녔다.

세상이 시끌벅적했다. 선생들은 뭔가를 실현하겠다고 난리였고, 대학생들은 민주화를 이룩하겠다고 난리였고, 노동자들은 노동조합을 만들겠다고 난리였다. 작년, 그러니까 87년에 온 나라가 데모로 들끓었고, 그래서 노태우라는 사람이 무슨 선언도 해서, 나라가 확 바뀌는 줄 알았는데, 실상은 달라진 게 별로 없는가 보았다. 작년 같은 일이 계속되었으니 말이다.

하지만 상큼은 그런 일들이 자기와는 아무 상관 없다고 생각했다. 상큼이 다니는 고등학교에서도 떠들썩한 선생들이 있기는 했다. 그 선생들을 추종하는 아이들도 있었다. 그 선생들의 말 한마디를 금과옥조처럼 여기는 애들이었다. 그러나 상큼은 그 선생들의 말에서 그다지 특별한 것을 느끼지 못했다. 그 선생들 수업 시간에 거의 잠만 잤기 때문에 그들의 말을 제대로 들은 적도 없지만 말이다.

결정적으로 그 선생들을 대수롭지 않게 생각하게끔 만든 계기가 있었다. 일부 선생들이 대놓고 '가장 시끄러운 사람'이라고 비아냥대던 선생 하나가 구설수에 올랐다. 상큼이 다니는 학교에서 흔히 일어나는 사건이었다. 성추행, 선생이란 작자가 교과 지도를 한답시고 학생 등 뒤에서 쓰다듬고 문지르고 심지어는 껴안기까지 하는 짓.

다른 선생들이 구설수에 올랐을 때는 원래 그런 놈이 또 그런 짓 했구나, 더러운 새끼, 하고 말았는데, 뭔가를 부르짖던 사람이 그런 일을 했다니까 엄청난 배신감이 들었다. 그 배신감은 그 선생뿐만 아니라 다른 떠들썩한 선생들도 다 똑같은 사람들이라고 생각하게 만들었다.

상큼도 그게 잘못된 생각이란 걸 알았다. 흙탕물을 만든 미꾸라지 한 마리 때문에 모든 미꾸라지를 욕하는 것은, 대다수 선량한 미꾸라지들에 대한 폭력이다.

범죄자 중에는 당연히, 어릴 적부터 고아로 자란 이도 있을 수가 있다. 그런데 부모가 모두 건강한 생활인이던 이들이 범죄를 저지르면 아무 말도 안 하면서, 고아로 자란 이가 범죄를 저지르면 광분하는 사람들이 있다. 고아로 자랐기 때문에, 사회적 무관심과 차별을 받았기 때문에 사회 구성원들에 대한 적개심을 가질 수밖에 없고, 그래서 그런 일을 저지르게 된 것이므로, 고아들은 모두 위험 분자이다, 뭐 이런 식으로 떠들어 대는 것이다.

그들은 상큼 역시 언젠가 범죄를 저지를 위험한 소녀라는 식으로 쳐다보고는 했다. 상큼으로서는 억울해서 환장할 일이었다. 고아인 것도 서러운데, 범죄 예정자로 몰리기까지 했으니 말이다. 당해 본 사람만이 알 일이다.

그러니 상큼은 성추행 구설수에 오른 미꾸라지 한 마리 때문에 도매금으로 매도당하는 떠들썩한 선생들의 억울함을 모르지 않았다.

그런데 논리보다 심정이 앞섰다. 무조건 떠들썩한 선생들이 싫었다. 주변 사람들이 고아인 자기를 무조건 싫어하는 까닭을 비로소 알 것 같았다.

상큼이 떠들썩한 선생보다 더 싫어하는 이들이 있었는데 노동자로 불리는 사람들이었다. 그런데 웃기는 것은, 노동자를 싫어하는 데는, 떠들썩한 선생들을 싫어하는 이유처럼 유치하고 비논리적 근거조차 없었다.

그냥 '노동자'라는 말을 들으면 '빨갱이'가 연상됐다. 빨갱이가 어떤 놈들인가, 우리나라를 침략해서 수많은 사람을 죽인 공산당이 아닌가. 그러니 노동자가 끔찍하게 무섭고 싫기만 한 거였다.

국민학교도 다 못 마친 무식쟁이 언니가 이런 말을 한 적이 있었다.

"청소년들이 그런 잘못된 생각을 하는 것은 세뇌교육을 당했기 때문이야. 국민학교 때부터 십여 년 동안 줄기차게 반공 교육을 받았기 때문에, 무심코 그런 생각을 하는 거야. 한

국전쟁의 진실은 그런 게 아니야. 책 몇 권만 읽어 봐도 알 수가 있어. 무식한 내가 뭘 알겠는가만, 하여튼 아냐. 그리고 무식한 나도 확실히 말할 수 있는 게 있어. 노동자는 공산당도 아니고 빨갱이도 아냐. 근로자야, 근로자! 네가 배우는 교과서에 근로자에 대해 얼마나 멋지게 적혀 있니? 그 근로자의 다른 말이 노동자야, 노동자! 계란을 달걀이라고도 하는 것과 같다고!"

무식쟁이 언니는 그 노동자 남자를 만난 뒤로 확실히 똑똑해졌다. 언니의 입에서 그토록 길고도 어쩐지 유식한 느낌이 드는 말이 나온다는 것은 기적과도 같은 일이었다.

암튼 언니의 남자를, 상큼이 첫 만남에서부터 싫어하게 된 까닭은, 그 남자가 노동자였기 때문이다. 그 남자는 말했다.

"반가워, 상큼아. 네 얘기 많이 들었다! 언니보다 훨씬 예쁘구나. 참, 정식으로 내 소개를 해야지. 난 대한민국의 자랑스러운 노동자, 김철수라고 한다."

"근로자가 아니구요?"

"아니, 난 노동자란다."

그 남자는 보통 노동자가 아닌 모양이었다. 노조 만드는 일에 앞장섰던 것이다. 이 고장에는 재벌 소유의 큰 공장이 있었고, 그 공장에 다니는 노동자들은 노동조합을 결성하기 위해 꿍꿍이가 많은가 보았다. 언니는 그 공장에 다니지 않고, 그 공장의 하청 공장에 다녔지만, 둘의 연애는 공장이 다르다는 것에 구애 받지 않았다.

그 남자처럼 앞장서서 목소리 높여 대는 이 고장의 노동자들이, 소속 공장을 초월하여, 허구한 날 만나는 장소가 있는가 보았다. '청년회의소'라나. 언니는 청년회의소에서 그 남자랑 이틀이 멀다 하고 날밤을 새우다 오는 것이다. 일주일 내내 아침에 들어올 때도 있었다.

언니는, 연애를 하는 게 아니고 다른 노동자들과 함께 학습인지 공부인지를 했다는 둥, 대자보를 썼다는 둥, 토론을 했다는 둥 둘러댔는데, 그걸 어떻게 믿나. 집에서 밤새 한잠도 못 자고 벌벌 떠는 여동생 따위는 안중에도 없는 언니의 말을.

학원 끝나고, 재워 주기로 약속한 친구네 자취방에 찾아가니 친구가 난감해했다. 갑자기 섬에 사는 부모님이 찾아왔다고. 이 고장의 서쪽 앞바다에는 칠십팔 개의 섬이 있는데, 그중에 열다섯 개가 유인도였다. 섬에 중학교는 있어도 고등학교는 없었다.

섬 출신 친구는 말했다.

"딴생각하지 말고 집에 들어가. 네 언니도 사람이잖아. 사랑을 할 수 있고, 사랑을 하면 아무것도 눈에 안 보여. 사랑을 하다 보면 늦는 일이 많고 집에 못 들어가는 날도 있는 거라고. 네가 언니 사생활을 핑계대고 가출하는 건 내가 보기엔 이상한 일이야."

똑 부러지게 옳은 말일 터였다. 상큼은 성모 마리아의 말씀이라도 듣는 듯 친구의 말에 고개를 끄덕끄덕했다. 집에 꼭 들어가겠다고 친구를 안심시켰다.

실제로 집 근처까지 갔다. 그러나 상큼은 다시 발길을 돌렸다. 상큼은 상념에 젖어 시내를 무턱대고 걸었다. 이미 밤거리는 칠흑 같았다. 82년인가에 통행금지가 해제된 이후, 대도시는 자정 한참 넘어서까지도 불야성이라는데, 이 소도시는 열한 시만 넘으면 암흑이었다. 다만 정육점 빛을 내뿜는 술집들이 어둠 속에서 고양이처럼 웅크리고 있었다.

몇몇 어른들과 마주쳤다. 취한 어른도 있었다. 그 어른들이 자기를 어떻게 하려는 못된 생각을 가진 치한들인 것만 같아, 상큼은 오그라들었다. 정말 무서운걸. 집으로 가자.

하지만 집으로 가느니 치한에게 납치되는 게 낫다는, 막가는 생각이 뒤이어 들었다. 그만큼 상큼의 가출 의지는 확고했던 것이다.

언니에게 가르쳐 주겠어! 방에 홀로 웅크리고 앉아서 들어오지 않는 식구를 기다리는, 그 두렵고도 처절한 심경을. 청년회의소에서 노동자들한테 무슨 일이라도 당하는 건 아닌지, 내가 언니를 얼마나 걱정하는지 알아? 아냐, 언니 말을 믿자면 그 노동자들은 이 세상에서 가장 착한 사람들이라니까 그들은 걱정할 필요 없다고 치자. 언니에게 김철수 씨도 있으니까.

하지만 경찰이라도 들이닥쳐서, 언니를 개처럼 끌고 갈까 봐, 걱정하고 걱정했다고! 뉴스를 봐 봐. 툭하면 공장 노동자들이 백골단인가 하는 사람들에게 개처럼 끌려가잖아. 내가 걱정을 안 하게 생겼냐고!

우리 학교 떠들썩한 선생들은 벌건 대낮에도 끌려갔어. 언니는 선생도 아닌 무식쟁이 노동자에 불과하잖아. 선생들은 진돗개처럼이라도 끌려가지, 노동자인 언니는 똥개처럼 끌려갈 거라고! 그러니 제발 집에 들어오란 말이야. 이렇게 빌고 비는 심정을, 언니도 한번 맛보라고! 흥, 내가 집에 안 들어가면 최소한 걱정은 해 주겠지?

상큼은 저도 모르게 당구장에 와 있었다. 당구장 창문은 이 고장을 홀로 지키는 등대라도 되는 양, 근방에서 홀로 빛을 발했다. 당구장 간판에 적힌 전화번호도 잘 보였다. 상큼은 공중전화 부스에 들어갔다. 망설이다가 당구장에 전화를 걸었다.

"배천아, 나 좀 재워 줘. 넌 당구장에서 자고."

배천은 후닥닥 뛰어내려서, 당구장 근처에 있는 제 자취

방으로 상큼을 데리고 갔다. 배천의 방은 몹시 깨끗했다. 상큼은 진심으로 말했다.

"나보다 더 깨끗이 사네."

배천은 흥분돼 보였다. 배천은 떨면서 말했다.

"문 걸어 잠그고 자. 나도 피 끓는 남자잖니. 내가 무슨 짓을 할지 모르니까. 문 꼭 걸어 잠그란 말야. 내가 아무리 문을 두드려도 절대 열어 주면 안 돼. 문을 열어 주면 난 나를 어떻게 할 수가 없을 거야."

"당구장 춥지 않겠어?"

"안 추워. 난로 있는데, 뭘. 늦은 손님 때문에 당구장서 밤 새울 때도 많아. 내 걱정은 마. 오늘도 밤을 새우게 될걸. 아저씨들이 화투 친대. 아, 당구장 오는 아저씨들이 다 당구 치러 오는 게 아냐. 노름하러 오는 인간들도 많아. 나는 좋아. 심부름값, 그게 쏠쏠하거든."

상큼은 잠이 오지 않았다. 평소에도 동이 터서야 잠이 들었다. 그래서 학교에서 잠을 많이 잘 수밖에 없었다. 중2 때, 도둑을 맞은 적이 있었다. 도둑은 아무것도 훔쳐 가지 못한 게 아니었다. 상큼의 밤잠을 훔쳐 갔던 것이다.

언니가 발을 동동 구르는 모습이 눈앞에 어른거렸다. 설마, 날 기다리려고? 기다리기는커녕 오늘도 역시 아직 집에 안 들어왔을걸.

상큼은 오늘 아침에 언니에게 경고했다.

"또 외박하면, 나 가출할 거야."

언니는 어렸을 때의 엄마처럼 꿀밤을 때리고 바삐 출근했다. 내 말을 우습게 안다 이거지? 정말로 가출이야. 상큼의 아침 결심은 이렇게 현실이 된 것이다.

맥주를 마셔 볼까? 가출도 했는데 뭐가 두려워서 음주를 못해. 가출 청소년, 음주 청소년도 돼 보자. 상큼은 무슨 짓이라도 해야 할 것만 같았다.

슈퍼에 갈 요량으로 밖으로 나가는데, 눈이 소나기처럼 내리고 있었다. 이 고장은 폭설이 잦았다. 하지만 이처럼 바람이 불지 않으면서 많은 눈이 쏟아지는 것은 처음 보았다. 그리고 대문 근처에 배천이 엎어져 있었다. 황급히 몸을 숨기려다가 미끄러진 거였다.

"미안해. 하지만 별생각은 없었어. 그냥 너 잠들면 문구멍으로 네 얼굴이나 한 번 보려고 그랬지."

상큼은 자기가 맥주를 마시고 싶었던 게 아니라 배천이 보고 싶었던 것인지도 모른다는 생각이 들었다.

"배천아, 나 죽도록 눈 맞아 보고 싶어."

"나도, 나도! 우리가 언제 이런 눈을 또 맞아 보겠냐. 가자, 가. 참, 모자를 가지고 올게. 이런 날이 있을 줄 알고 맞춰 놓은 커플 모자가 있어."

둘은 그날 좁은 시내를 열 바퀴쯤 돌았다. 손을 꼭 붙잡고 걸었다. 그래서 추운 줄을 몰랐다. 단지 손을 잡은 것뿐이었는데, 상식으로는 설명할 수 없는 엄청난 열이 발생하여 두 사람의 몸은 난로처럼 뜨거워졌다.

둘은 이런 대화를 나누기도 했다. 사실 대화라기보다는 상큼이 떠벌리고, 배천이 추임새를 넣는 판소리 같았다.

입이 얼어붙은 듯했지만 상큼은 목청 높여 말했다.

"배천아, 언니는 나보다 고작 네 살이 많을 뿐이야. 그런데 언니는 왜 그렇게 살아야 하지? 국민학교 사학년 중퇴가 언니의 최종 학력이야. 옛날에는 누구나 학교를 못 갔다지만, 지금은 90년대가 내일모레야. 이게 말이 되냐고? 난 또 뭐냐고. 그 언니가 벌어다 준 돈으로 고등학교를 다닌다고! 왜 세상은 이토록 불공평해? 언니는 왜 그렇게 살아야 해? 내가 없으면 언니가 참 편하겠지. 내가 확 사라져 줄까?"

"언니는 잔 다르크 같은 분이시구나."

"잔 다르크가 왜 나와, 무식하게. 너 농업고 다니는 거 티내는 거야? 우리는 상식이 풍부해야 해. 그래야 인문계 애들한테 쪽 안 팔려. 그런데 언니가 유식해지는 게 난 참 좋아. 노동자들 따라다니더니―언니도 노동자지만 말이야―언니가 엄청 말을 잘해. 야학도 다닌대. 언니는 공부가 참 좋다는데, 나는 학교에서 잠만 자. 언니가 그렇게 벌어서 학교 보내

줬으면 공부를 열심히 해야 할 것 아냐. 그런데도 잠만 자. 언니는 왜 그렇게 열심히 사는 거야? 공장일에 공부도 모자라서, 연애질까지 왜 그렇게 바쁘냐고!"

"언니의 연애를 축하해 줘. 너한테는 내가 있잖아?"

"네가 뭔데! 네가 뭔데! 언니마저 날 떠나가면, 난 정말 혼자가 되는 거라고. 네가 고아를 알아? 얼마나 고독한지 아냐고? 넌 아버지가 있잖아. 집을 나갔지만 엄마도 어쨌든 있는 거잖아. 가난하다지만 형들도 있다면서? 그런데 나한텐 아무도 없다고!"

"네가 싫어지려고 그런다. 왜 이렇게 패배적이니. 고아가 벼슬이니? 긍정적으로 생각해. 형제도 없는 고아가 들으면 부러워 미치려고 하겠다. 네 언니가 결혼하면 언니가 너를 떠나가는 게 아냐. 너에게 형부가 생기는 거야."

"아냐, 아냐!"

"기라니까! 너 자꾸 투정 부리면 확 뽀뽀해 버린다!"

둘은 거의 눈사람이 되어, 상큼의 작은 집 앞에 와 있었다. 문이 부리나케 열리고 언니가 뛰쳐나왔다. 언니의 두 눈이 통통 부어 있었다.

등산

88년 서울올림픽 때, 판돈은 중3이었고, 올림픽 경기를 시청하다가 규숙을 만났다. 규숙은 그때 고2였다.

판돈의 친구 영철은 오토바이와 박치기를 해서 입원해 있었다. 누가 보면 친구를 너무나도 사랑하는 벗으로 오해 받을 만큼, 판돈은 열심히 문병을 다녔다. 학교가 끝나자마자 가서 저녁 먹기 전까지 죽쳤다. 영철의 병원밥을 빼앗아 먹기도 했다. 사실은 텔레비전을 보러 간 거였다. 집에서는 부모의 눈치를 봐 가며 양반다리를 하고 봐야 했는데, 병원에서는 아주 편안한 자세로 볼 수 있었다.

그날도 영철과 판돈은 한국 선수들이 금메달을 따기 위해 목숨 걸다시피 싸우는 것을 보면서 목이 터져라 응원하고 있었다. 영철의 누나 영희와 또 한 여자가 들어왔다. 그 여자가 규숙이었다.

영희가 말했다.

"우리 착한 판돈이 또 와 있네. 너처럼 친구를 위해 주는 애도 드물 거야. 우리 영철이한테 공부 가르쳐 주고 테레비 보는 거지?"

"물론이지요. 내가 선생보다 더 잘 가르쳐 줬어요."

판돈의 새빨간 거짓말을 듣고 규숙이 말했다.

"너, 빨갱이구나!"

올림픽은 끝났지만 영철의 부러진 다리는 퇴원 명령을 받지 못했다. 덕분에 판돈은 병원에서 규숙을 자주 만날 수 있었다. 영희와 규숙은 보통 단짝이 아닌지 꼭 같이 왔다.

영희가 영철의 빨래를 하는 동안, 규숙은 두 중학생을 데리고 놀았다. 판돈은 저보다 인생을 이 년이나 더 산 여자의 말장난에 정신없이 웃어 댔다. 판돈은 곧잘 엉뚱한 말대답을 해서 규숙에게 꿀밤을 맞곤 했다. 판돈은 꿀밤도 그토록 맛있을 수 있다는 걸 알았다.

함께 김밥이나 통닭 같은 것을 먹은 적도 있었다. 판돈은 음식물을 아귀아귀 씹는 여자의 입도 아름다워 보일 수 있다는 것을 알았다.

어느 날 판돈은 얼굴을 붉히며 말했다.

"누나, 편지해도 돼요?"

"그럼, 얼마든지. 하지만 답장은 기대하지 마. 누나는 고2 거든. 공부하느라 너무 바빠."

규숙은 고3이 되어 그 고장의 하나밖에 없는 인문계 여고 의 학생회장으로 뽑히는 바람에 더욱 바빠졌다. 하지만 고1 이 된 판돈의 편지질에 꼬박꼬박 응답을 해 주었다. 판돈은 되지도 않는 말을 잔뜩 써서 편지랍시고 보냈다. 때로는 시 까지 첨부해 감상평을 부탁하기도 했다. 규숙은 성의 있는 답변에 시에 대한 애정 어린 감상평까지 덧붙여서 답장을 보 내 주었다.

판돈은 규숙이 보낸 편지에 정액을 흩뿌리기도 했다. 그래 서 쌓여 가는 규숙의 편지 뭉치에서는 밤꽃 냄새가 물씬 풍 겼다. 판돈은 그런 짓을 하는 것이 규숙에게 대단히 죄송한 일처럼 생각되었지만, 그 짓거리를 멈출 수가 없었다.

하지만 실제 세계에서는 얼굴 보기도 힘들었다. 판돈이 다 니는 학교는—시골 인문계 학교가 대개 그러했지만—입학 하는 날부터 학력고사를 치르는 날까지 야간 자율학습으로 학생을 묶어 놓았다. 일요일은 오전 아홉 시부터 오후 여섯 시까지 자율학습이었으니, 일요일도 없는 것이나 마찬가지 였다. 그래서 판돈은 농부의 자식임에도, 고등학교 다니는 동안 손에 논흙을 묻혀 본 일이 없었다.

하여간 그렇게 바쁜 판돈이었지만, 규숙이 만나만 준다면 그 언제라도, 야자 때 도망이야 당연한 것이고, 수업 시간에라도 탈출할 각오가 되어 있었다.

그러니까 판돈이 규숙을 거의 만날 수 없는 것은 순전히 규숙의 사정 때문이었다. 규숙은 판돈보다 백배는 더 바쁜 고3이었던 것이다. 고3이 무엇인가. 학교가 굳이 통제하지 않아도 알아서 죽어라고 공부할 때 아닌가.

판돈도 편지에 이 말 저 말 다 써도 만나 달라는 말은 쓰지 못했다. 어떻게 고3한테 그런 무리한 부탁을 할 수 있단 말인가. 그러고 보면 규숙이 그처럼 열심히 답장을 해 주는 게 신기하고 고마운 일이었다. 간략하게 한 장도 아니고, 두 장석 장 씩 편지 쓸 시간이 어디서 난단 말인가.

그래서 한번은 판돈이 마음에도 없는 말을 편지에 적은 적이 있었다.

'누나, 공부하느라고 시간 없을 텐데 답장 안 해도 돼요. 그리고 공부에 방해되면 나도 편지 안 할게요.'

그 편지를 보내 놓고, 규숙이 그렇게 하자고, 더 이상 편지 주고받지 말자고 할까 봐 오장을 떨었다.

규숙의 답장은 판돈을 황홀하게 했다.

'네 편지는 이 누나한테 정말 힘이 돼. 내가 네 투정만 받아 주는 게 아냐. 너도 내 투정을 받아 주는 거야. 내가 힘든 것

을 누구에게 말하겠니? 내 아우한테 말하는 거야. 그러니 걱정하지 말고 편지 열심히 써 보내.'

3월엔가 한 번 만난 적이 있었다. 그때 규숙은 떡볶이를 사 주고서는, 자기 친척이 한다는 화원에 데리고 간 적이 있었다. 친척이 원두커피라는 걸 끓여 주었다. 규숙은 복숭아밭은 아니지만 꽃밭에 있고 술은 아니지만 원두커피가 있으니, 도원결의가 떠오른 모양이었다.

"우리 의형제 맺자. 넌 누나가 없고, 난 동생이 없잖니? 어때."

"유치하게 의형제는……."

"싫어? 누나 삐친다."

"좋아요, 좋아. 친누나로 모시겠음을 엄숙히 맹세하옵나이다."

그런 장난 같은 일이 있거나 말거나 판돈은 규숙을 여자로 생각했지만, 규숙은 그 일 뒤로 판돈을 정말이지 친동생처럼 여기는 듯했다.

그 길고도 황홀했던 세 시간의 만남 외에는 길거리에서 마주친 정도의 만남밖에 없었다. 학교와 학교 옆에 붙은 독서실만 왔다 갔다 하는 규숙이 편지에 한번은 이렇게 적었다.

'누나가 다음 주 화요일 여섯 시경에 아리랑 책방에 문제집 사러 갈 예정인데, 혹시 누나 얼굴 보고 싶으면 나와 보든가.'

판돈은 그날을 손꼽아 기다렸고, 이십 분 전에 가서 기다렸다. 그렇게 만났건만, 규숙은 "할 말이야 편지로 다 했고 얼굴 봤으니 됐다."며 황급히 학교로 돌아가는 거였다.

판돈은 꿍얼대지 않을 수 없었다.

"참말로 고3하고는 연애가 안 되는구만."

그런데 판돈이 다니는 학교의 고3들은 연애할 시간은 없어도 데모할 시간은 있는 모양이었다. 고3 선배들이 데모를 일으켰다. 일교시가 시작된 지 십 분쯤 지났을 때였다. 엄청난 함성과 함께 건물이 뒤흔들렸다. 지진이나 전쟁 난 것을 한 번도 경험하지 못했지만, 지진이나 전쟁 중의 하나는 난 줄 알았다. 때문에 별명이 '개패듯'인 선생이 교단에 있었음에도 학생들은 뛰쳐나가고 봤던 것이다.

고3 선배들이 "전교조 만세, 징계 즉각 철회하라!"라고 외치면서 운동장을 향해 달려나가고 있었다. 어안이 벙벙한데, 이번엔 고2 선배들이 쏟아져 나오며, "참교육 만세, 선생님을 돌려주세요!"를 외쳐 댔고 역시 운동장을 향해 달려갔다.

누군가 소리쳤다.

"우리도 나가자!"

모두의 시선이 누군가에게 쏠렸다. 고1 학생들 사이에서 '의식화 꼴통'으로 알려져 있는 덕칠이였다. '개패듯'이 덕칠이를 넘어뜨리더니 개 패듯 패 버렸다. 그러고는 소리 질렀다.

"이 개새끼들아, 얼른 교실로 안 들어가!"

일학년들은 교실로 우르르 몰려 들어갔다. 그런데 또 누군가 소리쳤다.

"우리도 나가야 해. 학교의 주인은 우리야!"

역시 덕칠이와 함께 반에서 의식화 꼴통으로 분류되는 호식이였다.

평소 덕칠이와 호식이는 반 아이들을 모조리 의식화시키겠다는 사명감에 불타기라도 하듯 열성적이었다. 녀석들 말로 의식화는 '사회에 대해서 제대로 알고 문제점을 고치기 위해 노력하는 것'이기 때문에 좋은 것이라고 했고, 틈만 나면 아무 벗이나 붙잡고, '80년 광주'가 어쩌고 '민주'와 '통일'이 저쩌고 떠들어 댔다.

반 아이들은 걔들을 별로 안 좋아했다. 녀석들이 떠들면 개가 짖는다고 생각했다. 판돈이 규숙에게 보낸 편지 구절을 빌리자면 '재수 없게 잘난 체하는 놈들'이었기 때문이다.

하지만 그 순간엔 덕칠이와 호식이가 위대해 보였다. 덕칠이는 복도에서 개처럼 얻어터졌고, 호식이는 그럼에도 나가자고 외쳤던 것이다.

'개패듯'이 호식이마저 패려고 했다. 그러나 호식이는 몽둥이를 피한 뒤 창을 넘어 운동장으로 달려갔다. 일층이었던 것이다. 그 뒤를 따라 하나 둘씩 창문을 넘었다. 판돈도 창문을 넘지 않을 수 없었다. 이미 많은 애들이 운동장으로 가 버려서 교실에 남는 것이 더 외로울 것 같았기 때문이다. 그리고 뭔지 모를 열정에 휩싸이기도 했다.

아무튼 그렇게 데모가 발발했고, 그 데모는 불과 네 시간만에 학생들의 자진 해산으로 일단락되었다. 판돈은 이 데모의 경험을 편지에 자세히 적었다. 우리 고등학교는 데모도 했어요, 나도 당당히 참가했답니다, 뭐가 뭔지 모르겠지만 4·19 학생의거 일으킨 어른들의 심정을 이해할 것 같아요, 라고 자랑했다.

그런데 아마도 그 편지가 규숙이 다니는 독서실에 배달되던 날이었을 것이다, 규숙의 학교에서도 데모가 발발한 것이. 판돈은 규숙으로부터 답장을 받지 못했다. 기다리다가 더는 못 기다리고 편지를 또 써 보냈지만 이번에도 답장이 없었다. 판돈은 이틀 걸러 편지를 써 보냈지만 계속 답장이 없었다.

영철은 말했다.

"우리 누나한테 들으니까, 규숙이 누나 반성문 쓰느라고 정신없대. 데모를 주동했다는 거지. 반성문 그거 써 본 사람만 아는데 되게 힘든 일이야. 반성문 몇 장 쓰면 진이 빠져서 아무것도 못해. 너 따위에게 답장 쓸 힘이 있겠어? 그리고 말야, 규숙이 누나, 상처 단단히 받았다더라. 왜 안 그렇겠어? 누나가 좋아하던 선생은 잘리고, 자기는 무기정학 당하고, 기분이 여간 더럽겠냐? 고1짜리하고 편지질할 마음이 아닐 거야.”

판돈은 더 이상 대답 없는 사람한테 편지를 쓸 수 없었다. 편지를 쓰는 대신, 밤꽃 냄새 나는 그간의 규숙 편지를 되읽으며 우수에 젖었다.

학력고사 전전날, 판돈은 엿을 두 꾸러미 포장해서 영철에게 내밀었다.

“하나는 영희 누나 거고, 하나는 규숙이 누나 거야. 이 엿 먹고 영희 누나 시험 잘 보시라고 전해 주고, 미안하지만 한 꾸러미는 규숙 누나한테 좀 전해 달라고 말씀 드려 줘.”

그런데 영철이 화를 냈다.

“누구 약 올려. 우리 누나 시험 못 친단 말이야.”

영철이 아빠는 딸을 대학에 보낼 정도로 부자가 아니었던 모양이다.

판돈은 엿 꾸러미를 들고 규숙이 다니는 독서실로 찾아갔다. 그간에도 몇 번이나 찾아갔지만 끝내 규숙을 불러 달라고 하지 못했다. 그날은 용기를 내어 총무 아저씨에게 규숙을 불러 달라고 했다. 엿을 못 주면 영영 규숙과 못 만날 것이라는 공포가 그런 용기를 내게 했다.

총무는 말했다.

"야, 이놈아, 벌써 시험 치러 올라갔지. 내일모레가 시험인데."

영철에게서 규숙이 대학에 가지 못했고 서울 노량진인가에서 재수한다는 얘기를 들었다. 영철은 영희를 통해 규숙의 주소와 고시원 전화번호를 알아봐 줄 수 있다고 했다. 판돈은 침울하게 고개를 저었다.

"아냐, 아냐, 알지 않을래. 재수한다며? 재수해서도 떨어지면 어떻게 해."

판돈은 편지질이 규숙의 공부를 심하게 방해할 거라고 생각했던 것이다.

규숙이 보냈던 편지들은 밤꽃 냄새가 아니라 썩은 된장 냄새를 풍기기 시작했다. 그러나 판돈은 그 편지를 버리지 못했고, 가끔 끌어안고서 또다시 정액을 흩뿌렸다.

91년, 판돈은 고3이 되었다. 규숙이 어느 대학 무슨 과에 다닌다는 얘기를 영철에게서 들었다. 판돈은 모의고사 때 희망대학 희망학과에 규숙이 다니는 대학과 학과 이름을 적었다. 장난으로 적은 게 아니었다. 거기로 가지 못한다면 혀를 깨물 각오까지 했다. 그러기 위해서는 모의고사 점수를 30점이나 올려야 했다.

그런데 대학에 가겠다는 일념으로 공부에 환장하던 고3들을 어처구니없게 만드는 일이 벌어졌다. 5월에 강경대라는 대학생이 쇠파이프에 맞아 죽었다.

아니, 우리나라가 백주 대낮에 대학생을 패 죽이는 나라였단 말인가? 선생님들 말씀이 하나도 틀리지 않구나. 데모하다가 죽을 수도 있구나. 정말 데모라는 걸 하면 안 되는 모양이다. 이런 평범한 생각을 하다가, 판돈은 규숙을 떠올리고서 안색이 어두워졌다.

규숙도 저렇게 데모하러 다니고 있는 거 아닌가. 고3 때도 데모를 주동해서 무기정학을 받은 전력이 있잖은가. 대학에 갔으니 집 나간 망아지처럼 데모판에서 날뛰고 있는 것 아닐까. 그러면 안 되는데, 다른 대학생 다 데모해도, 규숙 누나는 도서관에서 공부만 하고 있어야 하는데.

이런 걱정을 하다 보니 전혀 다른 걱정도 생겼다. 혹시 데모도 안 하고, 도서관에서 공부도 안 하고 연애질하는 것 아닐까? 대학교에는 얼마나 잘빠진 남자들이 많을 것인가. 그러면 안 되는데, 이 판돈이가 입학할 때까지 기다려 줘야 되는데.

그런데 강경대 학생이 죽은 건 죽음의 행렬을 알리는 신호탄이었다. 대학생들이 연이어 자살했다. 옥상에서 떨어져 죽고, 제 몸을 불살라 죽었다. 세상 돌아가는 것에 무심할 수밖에 없는 고3이 그 소식들을 알 수밖에 없을 정도로, 그 죽음들 때문에 세상이 온통 난리였다. 심지어 전라도 무슨 학교에 다니던 한 고등학생도 '참교육의 실현과 노태우 정권 퇴진'을 외치며 분신 자살했다.

판돈은 이해할 수 없었다. 세상에 무슨 일이 일어나고 있는 것인지. 그렇게 고생해서 간 대학을 다니다 말고 자살하는 대학생들의 절박한 이유를 납득할 수 없었고, 같은 고등학생이면서도 대입 학력고사 따위는 안중에도 없이 자살해 버린 그 친구의 외침도 이해할 수 없었다.

영원한 의식화 꼴통 덕칠이와 호식이는 그 죽음들에 대해 잘 알고 이해하는 모양이었다. 두 녀석은 형들의 죽음을, 같은 고등학생의 죽음을 헛되이 하면 안 된다고 설레발을 쳐댔는데, 뭘 어쩌자는 건지 알 수 없었다. 그 고등학생처럼 뭘 외치며 죽자는 것은 아닐 테고, 일학년 때처럼 데모라도 벌이자는 것인가.

뭘 위해서? 뭘 안다고?

판돈은 자신의 무식이 부끄러웠고, 왠지 무섭고 안타깝고 슬플 뿐이었다. 그리고 규숙이 저 죽음의 행렬에 혹시 가까이 있는 것은 아닌지 몹시 걱정이 되었다.

어쨌거나 판돈은 열심히 『맨투맨』을 외우고 『정석』을 풀었다. 여하간 규숙이 있는 데로 가야만 한다는 튼실한 목표가 있었기 때문이다.

여름방학이 되었다. 대학생들의 죽음 행렬로 어수선하던 나라는 달걀 몇 개로 조용해졌다. 그것도 이해가 잘 안 되는 일이었다.

총리라는 사람이 어느 대학에 강연 갔다가 달걀 세례를 받았다는데, 그게 그렇게 대단한 일인가? 설령 달걀 던진 대학생들이 싸가지가 바가지라고 하더라도, 그까짓 일이 대학생들이 죽어 간 일을 덮을 만큼 큰일이 될 수 있는가? 판돈은 자신이 그렇게나 가고 싶어하는 대학 세계가 정말이지 이상한 곳이라는 생각을 굳힐 수밖에 없었다.

판돈은 어느 날 혹시나 하고 규숙의 집에 전화를 걸었다. 규숙이 받았다.

"누나, 혹시 기억할는지 모르겠는데……."

"판돈이구나. 잘 지냈어?"

"어, 잘 지냈어, 누나 덕분에. 누나는 잘 지냈어? 5월에 다친 데 없지?"

"5월에?"

"음, 5월에. 난리였잖아."

"날 걱정했니? 걱정할 필요가 없었는데. 난 데모 안 했어, 한 번도. 그래서 좀 부끄럽기도 했지만, 그래도 할 수가 없었어. 누나가 데모했다가 한 번 크게 데었잖아. 그때 정나미가 떨어져서……. 그런데 왜 우리가 이런 우울한 얘기를 하고 있니? 판돈아, 누나 보고 싶니? 너, 어디니?"

"고3이 어디 있겠어. 학교에 있지."

"그래, 그럼 만날까? 누나 보고 싶지 않니? 내가 마침 시내 나가려던 참이야."

"나야, 좋지. 나가고말고. 몇 시에 나올 건데?"

얼마 만에 보는 규숙인가. 고1 봄에 서점 앞에서 보고 못 보았으니 근 이 년하고도 두 달 만이었다. 판돈은 규숙의 활짝 웃는 얼굴을 보는 순간, 기쁘기도 했지만 주눅이 들어 버렸다. 규숙은 어른이 되어 있었던 것이다. 자신은 아직 애인데.

하지만 주눅 들었던 마음은 규숙의 말장난을 듣는 동안 게 게 풀어졌다.

판돈은 규숙의 맑은 눈망울과 빛나는 코와 복숭아 같은 입을 바라보며 다짐했다. 반드시 규숙이 있는 대학에 합격해야 한다. 그녀에게로 가야만 한다. 대학이 아무리 이상한 곳이라 할지라도 가야만 한다. 가서 규숙을 안아야 한다.

그런데 지금 안아 버리면 안 될까? 아니야, 잘못 덤벼들었다가는 규숙에게서 무슨 말을 들을지 몰라. 잘 되면 좋지만 잘못되면 영영 보지 말자는 말을 들을지도 몰라. 판돈은 치솟는 위험한 마음을 억제하느라고 숨이 막히는 듯했다.

규숙이 등산을 가자고 했다. 방학이 끝나 가고 있었다.

"이제 보면 너 시험 치를 때까지 못 보잖니? 너를 격려하자는 취지야. 산에 가서 맑은 공기를 쐬면 공부가 잘 될 거야."

"고마워, 그렇지 않아도 머릿속에 나쁜 기운이 가득 차 있었거든. 산에 가서 뽑아내야지."

일요일, 판돈은 터미널에서 규숙을 기다렸다. 기다리는 동안 자신에게 이토록 행복한 일이 생길 수 있다는 것이 믿어지지 않았고, 그래서 천지신명께 감사 드리고픈 마음이 들었다.

쉬지 않고 떠드는 동안 시외버스는 예산에 도착했다. 시내버스로 갈아탔다. 말로만 듣던 수덕사에 다다랐다. 산채비빔밥, 도토리묵, 동동주 등등을 판다고 써 붙인 음식점들이 다닥다닥 붙어 있었고, 남녀노소로 득시글득시글했다.

"절하고 스님은 뵐딜 않네. 허구한 날 일하는 우리 부모님하고 허구한 날 공부만 하는 우리 학우들만 보다가 삼삼오오 놀러 온 인간들만 보이니께, 어질어질하구만."

"평일에 열심히 일하고 주말을 맞아 스트레스 풀러 온 사람들이야."

"누가 뭐래? 그냥 그렇다는 거지."

규숙의 오지랖 넓은 말에 판돈은 입술을 뾰족 내밀었다.

한참 동안 음식점과 사람들을 헤집고 거슬러 오른 뒤에야, 절과 스님들을 볼 수 있었다. 절에 가면 의당 만나게 마련인 부처를 보았다. 우상에 불과하다고 생각하면서도 부처님 앞에 서니 엄숙해졌다.

등산로를 따라 오르기 시작했다. 규숙과 함께라면 그 어디인들 즐겁지 않을까. 땀이 비처럼 쏟아졌고 다리가 비틀거렸으나, 판돈은 하나도 힘든 줄을 몰랐다.

규숙이 괜찮은 여자이기는 한가 보았다. 왜 그렇게 껄떡거리는 남성들이 많은지. 특히 젊은 남자끼리 온 부류가 심했다. 지들이 언제 봤다고 아는 체를 해? 옆에 엄연히 남자가 있는데.

"누나는 왜 꼬박꼬박 말대구를 해 줘? 언제 봤다고?"

"산이라는 게 원래 그래. 생전 처음 보는 사람도 다 친구가 되지."

"염불 외지 말고, 남자는 옆에도 있으니께 딴 남자한티는 신경 좀 꺼 주셔."

"네가 남자야? 고삐리지."

산 정상에 올랐다. 판돈과 규숙은 어깨동무를 하고 야호를 외쳤다. 산꼭대기에 오르니 규숙은 세상을 다 가진 듯한 모양이지만, 판돈은 세상보다도 더 아름다운 규숙을 가진 듯했다.

이대로 규숙을 끌어안고 세상으로 떨어져 내려도 여한이 없겠다는 무지막지한 생각까지 들었다. 이래서 감성이 풍부한 자는 산꼭대기에 함부로 오르지 말라는 말이 있는가 보았다. 판돈은 무슨 일을 저지르고야 말 것 같은 마음을 꾹꾹 눌렀다.

올라가면서 쉬지 않고 이야기했듯이, 내려오면서도 쉬지 않고 이야기했다. 규숙이 음식점에 들어가 비빔밥을 사 주었다. 그 음식점에서도 이야기했다. 이야기하고 이야기해도 이야기할 것이 계속 있었다. 오래도록 이야기를 나누지 못해 한이 맺힌 남매 같았다.

규숙은 고3 때 한 데모에 대해서도 얘기했다.

"사실 난 전교조 선생님들은 좋아했지만 전교조에는 관심 없었어. 그러니까 전교조 선생님들이 해직된 것은 슬프고 안타까웠지만, 그분들은 그분들이 하고 싶은 일을 하다가 그렇게 된 것이기 때문에 우리랑은 상관없는 일이라고 생각했지. 그런데 운동권 애들이―우리 학교에도 몇 있었거든―우리도 데모를 해야 된다고 자꾸 조르잖아. 선생님들이 누구를 위해서 그렇게 된 것이냐, 우리를 위해서 그렇게 된 것 아니냐. 난 이해는 했지만, 데모를 하는 데에는 끝내 찬성할 수 없었어. 결국 다수의 의견을 따르기로 했어. 야자 시간에 비밀투표를 했지. 70퍼센트가 데모를 하자는 쪽이었어. 데모가 일어났고 난 끝까지 책임을 지려고 했어, 학생회장의 책임을. 그런데 그 일 때문에 많이 아팠어. 선생들도 애들도 다 싫어지더라고. 너만은 싫어하면 안 되는데, 너도 싫어지더라고. 그래서 답장을 못 했어. 용서해 줄 거지?"

"나는 뭐 누나한테 엿 한 번을 못 사줬는데, 무슨 자격이 있다고 용서를 해. 재수할 때도 격려 전화 한 번 못하고. 그런데 내가 편지질했으면 누나 또 공부 못했을 거야, 그렇지?"

"그래, 네 덕분에 재수 성공했다. 하지만 믿어 줘. 누나, 네 생각 엄청 했어."

"그걸 어떻게 믿어? 여자 말을 믿느니 선생 말을 믿겠다는 속담도 몰라?"

판돈은 규숙이 자기를 애 취급하지 않는 게 좋았다. 규숙은 판돈의 말 안 되는 말까지도 존중해 주었다.

수덕사에서 시내버스를 타고 나오는데 규숙이 판돈을 화나게 했다. 그날 규숙은 아흔아홉 가지를 잘했지만 그 한 가지를 못해서 판돈을 열 받게 만들었다. 규숙이 맨 뒷좌석에서 무지하게 존 것까지는 좋았다. 문제는 왼쪽에 젊은 남자가 있었는데, 그 남자의 어깨를 아예 베개로 삼아 버렸다는 거였다. 오른쪽 판돈의 어깨를 놔두고.

왼쪽의 남자는 아름다운 처녀의 머리가 꽃잎이라도 된다는 듯이 하나도 안 무겁다는 표정이었다. 이런 일을 당하고 화가 나지 않는다면 어찌 남자라 할 수 있으랴. 판돈은 규숙을 깨워 이렇게 말했다.

"누나, 침 닦아!"

'그리고 내 어깨를 베란 말이야. 내 어깨 넓은 거 안 보여?'라는 말도 하고 싶었지만, 이상하게 말이 되어 나오지 않았다.

고백

　오로지 대학에 가는 것을 목표로 죽어라 공부하던 고등학생들로서는 도무지 납득할 수 없는 일이지만, 하여튼 대학생들이 막 자살하던 해에 무현은 고등학교 일학년이었다.

　그 고장에는 남자 인문계 고등학교 하나, 여자 인문계 고등학교 하나, 여자 상업고 하나, 남녀공학 수산고와 농업고, 해서 다섯 개의 고등학교가 있었다. 이들 고등학교에는 문집을 내는 동아리가 통틀어서 스무 개 남짓 있었다.

　대개는 각 고등학교 학생들 예닐곱 명으로 구성이 된 친목회 수준의 동아리였지만, 몇 개의 고등학교 학생들이 연합해서 구성한 대규모 동아리도 더러 있었다.

　이들 동아리가 내는 문집 외에, 교회 다니는 학생들이 만드는 문집까지 친다면, 문집은 쉰 개에 육박했다. 옥마산 꼭대기 정자에서 시내를 내려다보면 제대로 보이는 것은 십자가들밖에 없을 정도로 교회는 많아졌고, 커졌고, 그 교회에 다니는 학생들도 많아졌는데, 교회 학생들은 동아리 학생들 못지않게 자주 문집을 냈다.

그렇게 많은 문집 중에 가장 유명하고 가장 오래된 역사를 자랑하는 것은 '문맥'이었다.

문맥은 '맥'이라는 동아리가 내는 문집이었다. 맥은 87년에 결성된 문예창작 동아리로서 그 해 6월에 문집 '문맥 1호'를 발간했다. A4지 복사본을 스테이플러로 박은 것에 불과하지만 발간은 발간이었다. 그 후 4년 동안 꾸준히 격월간으로 발행을 해 왔다.

딱 한 번 넉 달 동안이나 문집을 못 낸 적이 있었다. 89년 여름 때였다. 5월에 각 학교에서 전교조 선생들이 해직 처리되었다. 맥 동아리 구성원들은 각 학교에서 전교조 선생들의 해직 무효를 요구하는 데모를 일으켰다. 남고에서도, 여고에서도, 상고에서도, 수산고에서도 단 한 번이었지만 데모가 일어났는데, 맥 회원들이 바로 물밑 주동자였다.

그 대가로 고3들은 무기정학, 고2는 유기정학, 고1은 근신의 징계를 받았다. 동아리 해체 위협을 받았고, 문집은 빼앗기고 소각 처리되었다.

경찰서 학원전담반에 끌려가서 조사를 받기도 했다. 전교조 선생들의 사주를 받은 것은 아닌지 집중 추궁당했다. 하지만 학생과 경찰들이 가장 잘 알았다. 이 고삐리 운동권들은 전교조 선생들과는 별 상관 없이 자발적으로 의식화된 녀석들이라는 걸. 경찰들은 87년부터 맥을 예의 주시하고는 있었지만, 구태여 건드릴 건더기는 못 찾았던 것이다.

맥 회원들은 90년대에도 경찰서 학생전담반이 자신들을 예의 주시, 사찰한다고 믿었으며, 사찰당할 만큼 자신들이 대단한 존재라고 여겨 여간 우쭐대는 게 아니었다.

암튼 89년 여름, 그 상황에서 문집을 내는 것은 불가능했다.

하지만 그때 이후로는 중단된 적이 없었고, 91년 4월에 22호 문집을 발간하게 되었다. 여전히 스테이플러로 박은 A4지 제본이었지만, 과거에 비해서 획기적으로 달라진 게 하나 있었다. 필사본에서 타자본으로 바뀌었다는 것이다. 상고에 다니는 회원들이 연습 삼아 기꺼이 타자를 쳤던 것이다.

4월 하순, 고2 선배 하나가 문집 다섯 권을 들고 반을 찾아왔다. "이게 문집이라는 건데 심심할 때 읽어 주면 고맙겠다."고 했다. 절반의 아이들은 이딴 걸 무슨 재미로 읽느냐며 집어던졌다. 여남은 명의 아이들이 나름대로 재미있게 읽었다. 무현 같은 경우는 읽고 큰 충격을 받았다.

'생각하는 것도 모자라 그걸 글로 쓰는 학생들이 있었다니!'

그리고 무현은 문집의 마지막 장에 적힌 '구인 광고'를 보고 반색을 했다. '좋은 책 함께 읽고, 좋은 글 함께 써 보고 싶은 사람이 있으면, 언제든지 찾아오라'고 적혀 있었다.

고2 선배는 몹시 반가워했다.

"야, 요새 애들은 왜 이렇게 글쓰기에 관심이 없냐? 반갑다, 반가워. 우리 열심히 해 보자."

"저, 시험 같은 건 안 보나요? 제가 글을 잘 쓰는지 못 쓰는지 테스트를 안 하시냐고요."

"얼어 죽을 테스트는. 그냥 쓰면 되지 뭐. 뭐, 잘 쓰게 생겼는데. 딱 보면 알지."

그 동아리는 동아리 방도 있었다. 물론 학교에 있는 것은 아니었고, 어느 신문배급소에 딸린 회의실이었다. 신문배급소 소장이 맥의 후원자였다. 나중에 알게 된 것이지만, 신문배급소 소장이 87년에 학생들이 동아리를 결성하도록 뒤에서 부추긴 사람인가 보았다.

맥은 매주 토요일 오후 두 시에 모임을 가졌는데, 네 시간 정도 독서토론과 합평을 하고, 함께 식사를 했다. 대개는 분식을 사다 먹거나, 중국 음식을 배달시켜 먹었지만, 한 달에 한 번은 삼겹살을 먹으러 갔다.

선배들은 아무렇지도 않게 술을 마셨고 담배를 피웠다. 문예창작을 하는 사람들에게는 술, 담배가 필수라는 거였다.

무현은 첫날 술 한 잔을 무턱대고 받아 마셨다가 죽는 줄 알았다. 다섯 번이나 토했다. 집에도 못 가고 자취하는 선배 신세를 졌다. 그 이후로 절대로 술을 마시지 않았다. 담배도 마찬가지였다. 한번 피워 보니까, 이딴 걸 왜 그렇게들 피우는지 이해가 되지 않을 정도로 불쾌했다. 그래서 담배도 피우지 않았다.

무현은 맥 동아리에 실망했다. 술 마시고 담배 피우는 게 일단 마음에 안 들었고, 말하는 수준이나 독서 수준도 별로 높지 않은 것 같았다. 글도 잘 못 쓰는 것 같았다. 결론적으로 말해서 대학생 흉내나 내는 선배들이 체신머리가 없어 보였다.

하지만 무현은 맥 동아리의 열성 새내기 회원이 되었다. 이놈의 동아리 체질을 개조해 보겠다는 야망을 품었기 때문이다, 라고 합리화했지만, 실은 여자 때문이었다.

초해는 자신을 이렇게 소개했다.

"귀엽게 생겼구나. 난 여고 이학년 박초해. 별호는 팜므파탈이야. 나한테 찍히면 골로 가니까 알아서 개겨라."

무현은 팜므파탈 박초해에게 한순간 마음을 빼앗겨 버렸다. 초해의 얼굴을 보기 위해, 초해의 그 싸가지 없는 말투를 듣기 위해 모임에 나가야만 했던 것이다.

초해는 고3이 되고, 무현은 고2가 되었다.

고3들은 글쓰기에서 물러나 앉았고, 이제 고2에게 지면이 활짝 열렸다. 무현은 엄청난 양의 글을 써서 문집을 제 글로 도배했다. 시, 소설, 희곡, 평론, 칼럼 등 장르를 가리지 않았다. 무현이 쓰는 글은 장르에 상관 없이 두 가지 경향이 있었다.

　한 가지는 '농사꾼의 고달픈 인생, 근면 성실하게 노동하는 농사꾼이 늘 가난하게 살 수밖에 없는 사회구조적인 모순에 대한 비난과 성토, 농사꾼을 박멸하려는 게 틀림없다고 판단되는 우루과이라운드에 대한 욕설에 가까운 비난, 그 우루과이라운드를 추진하는 정권과 여당에 대한 원색적인 비판, 농사꾼의 자식으로 태어난 자의 슬픔'이었다.

　아버지와 어머니의 고단한 하루를 보고 겪은 것에, 선배들에게서 주워들은 풍월, 몇 가지 책에서 얻은 지식을 거칠게 짬뽕한 것이라 할 수 있었다.

　다른 한 가지 경향은 '어떤 여자에 대한 폭발할 것 같은 사모의 정'이었다. 물론 어떤 여자는 초해였다. 그걸 알면서도 모른 체하는 것인지, 초해는 무현에게 말하곤 했다.

　"넌 회비 만 원 더 내. 너 때문에 제작비가 곱절은 나오잖아."

　어느 날 무현은 농사짓는 아버지에게 말했다.

　"아버지, 통학 시간이 너무 아까워유. 저두 다른 애들처럼 시내 독서실에서 먹고 자고 하면서 공부를 하고 싶은듀."

자식이 공부하겠다는데 허락하지 않을 부모가 어디 있겠는가. 무현은 초해가 다니는 독서실에 들어갔다.

무현은 초해를 만난 지 정확히 일 년째가 되는 날, 드디어 고백했다.

"누나, 웃지 말고 내 말 잘 들어요. 똑똑히 들으라고요. 난 지난 삼백육십오 일 동안 누나만 생각했어요. 일주일 내내 누나 생각만 해서 내 얼굴이 그렇게 늘 파리했던 거예요. 누나는 밥도 못 먹고 다니냐고 했지만, 밥을 못 먹어서가 아니라 누나를 못 봐서 그랬던 거예요. 누나를 볼 때 제 얼굴이 꽃봉오리처럼 터지는 것 못 느꼈어요? 난 이제 더 이상 내 감정을 숨길 수 없어요. 누나가 나 같은 놈을 좋아할 리가 없을 것 같아서 참고 참았지만, 이제는 못 참아요. 누나를 사랑해요. 나랑 연애해요. 누나를 행복하게 해 줄게요."

한 살이 많은 초해는 열 살은 많은 것 같은 태도로, 무현의 마음을 받아들이지 않았다.

"날 사랑한다고? 연애하자고? 듣기는 참 좋다만, 안 될 말이다. 넌 아직 어려서 사랑을 몰라. 사랑은 비루한 것이야. 그리고 넌 사랑만 모르는 게 아니라 나도 몰라. 네가 나를 알아? 난 아주 막돼먹은 애야. 나를 모르는 게 좋아. 무현아, 세상은 넓고 여자는 많단다. 눈을 크게 뜨고 찾아봐. 우리 맥에도 귀

여운 여학생들이 얼마든지 있잖아. 후배도 들어왔잖니?"

그러나 무현의 가슴에서 제대로 붙은 불꽃은 꺼질 줄을 몰랐다. 무현은 몇 번이고 되풀이해서 사랑을 고백했고, 초해는 그때마다 듣기 좋은 말로 거부했다. 하지만 좋은 소리도 한두 번이라고, 질려 버린 초해는 이렇게 내뱉었다.

"너 변태구나. 귀가 고장이니? 한두 번 아니라면 아닌 줄 알아야지. 한 번만 더 사랑 찾아봐, 입을 아주 찢어 버릴 테니까. 너 소문 못 들었어? 내가 너희들과 어울려서 고상한 체하니까, 고상하기만 한 줄 알았니? 나 여고 불여우파 대가리거든. 알아? 알면 편하게 살자."

그리고 초해가 뭘 뱉었는데, 그것은 약간의 비행 끝에 무현의 볼을 스치고 등나무 기둥에 박혔다. 무현은 솔직히 놀랐다. 초해가 '불여우파 대가리'인 줄은 알았지만 면도칼을 날릴 수 있는 실력자인 줄은 몰랐다.

무현은 겁을 먹었는지 더 이상 고백의 말을 하지 않았다. 하지만 눈에는 항상 '누나를 사랑합니다!'가 발광체처럼 박혀 있었다. 그래서 둘 사이는 불편해졌다. 동아리 모임 때, 가장 많은 말을 했던―그 말은 대부분 듣기에 유쾌한 것이어서 모두가 웃음을 주체할 수가 없었는데―초해는 말수가 적어졌다.

자신을 간절하게 쳐다보는 무현의 눈초리 때문이었다. 벗들은 동아리 분위기가 칙칙해진 이유를 눈치챘지만 해결책을 찾을 수 없었다. 사랑 문제라는 것이, 누가 참견한다고 해결될 수 있는 문제가 아니기는 했다.

무현은 야간 자율학습 끝종이 울리기 삼십 분 전에 제 학교 담장을 넘어서는, 십 분 떨어진 초해의 학교로 달려갔다. 초해는 교문 앞 문방구께서 항상 기다리는 무현을 보고 긴 한숨을 내쉬고는 했다. 무현은 거리를 두고 초해를 따라갔다. 후방 보디가드 같았다.

초해는 거의 공부하지 않았다. 소설책만 읽었다. 무현도 덩달아 공부를 하지 못했다. 무현의 신경은 온통 초해에게 쏠려 있어 영어, 수학이 눈에 들어오지 않았다. 무현은 초해에게로 향하는 제 마음을 저주하며 연습장에다 써 갈겼다. 그렇게 쓴 글이 어떤 때는 낙서 같았고, 어떤 때는 시, 소설, 에세이 같았다. 그걸 잘났다고 문집에 실었다.

초해는 독서실을 나가 새벽 늦게 들어오는 날도 많았다. 불여우파를 이끌러 나가는지, 누군가와 연애를 하러 나가는지 그건 알 수 없었다. 초해는 무현이 한눈을 팔거나 화장실을 가는 사이에 빠져나갔다. 무현이 나가 보았을 땐, 이미 초해의 종적은 묘연하고 자동차 헤드라이트 빛에 찢기는 어둠만 있을 뿐이었다.

초해는 독서실을 옮겼다. 무현도 옮겼다. 초해는 계속해서

—그 고장에 있는 독서실은 한 번씩 다 다녀 보았다고 해도 좋을 만큼—옮겼지만, 무현도 계속해서 따라 옮겼다. 초해는 독서실을 다니지 않을까도 생각해 보았다. 그러나 독서실 생활에 너무 익숙해져서—독서실에 안 다니느니 차라리 무현과 사귀고 말겠다는 생각을 할 정도로—궁리로만 그쳤다.

초해가 저번처럼 위협을 해 보기도 했다.

"이렇게 따라다니는 거, 사생활 침해야. 너 달고 다니는 게 너무 쪽팔려, 참을 수가 없어. 한 번만 더 교문 앞에 서 있으면, 독서실 따라 옮기면 네 다리 하나를 분질러 버리겠어."

"누나, 우리나라는 자유국가 아닌가요? 왜 내 마음대로 독서실도 못 옮기고 내 마음대로 교문 앞에 서 있지도 못하죠? 내가 누나를 쫓아다니는 거라고 생각했어요? 웃기지 마요. 왜 내가 누나를 쫓아다닙니까. 난 그냥 그러는 거예요, 누나와 상관 없이."

초해는 정말이지 뻔뻔하게 잘도 주워섬기는 무현의 다리를 부러뜨리고 싶었다. 하지만 그러지 못했다. 사실 초해도 무현이 싫지는 않았다. 초해는 무현의, 세계와 인간과 사회 구조적 모순과 학교 제도와 사랑에 대한 이종격투기와도 같은 궤변과, 그 궤변을 담은 글을 재미있어했다. 그런 글을 쓴 애와 사귀어 보는 것도—한 살 연하라는 게 좀 문제일 수는 있겠지만—나쁘지는 않다고 생각했다.

하지만 절대로 무현과 사귈 수 없는 이유가 있었는데, 그 이유는 무현이 아니라 무현보다 백배, 천배 훌륭한 그 누구와도 사귈 수 없는 이유이기도 했다.

초해는 북두칠성파 소두목쯤은 되는 청년의 애인이었던 것이다. 초해가 무현의 사랑을 모질게 거부하는 데는, 무현을 생각하는 마음도 컸다. 만약에 누군가 자신에게 접근해서 어찌 되었든 손이라도 잡게 된다면—초해 자신도 꼬리를 치고 다녔다는 이유로 죽지 않을 만큼 얻어맞겠지만—그 손잡은 누군가는 최소한 북어처럼 돼서 중환자실에 입원할 각오를 해야 했다.

초해를 애인으로 여기는 그 청년은 스물셋도 안 되는 나이에 이미 사람도 죽여 본 과거가 있을 정도로—우발적인 사고였고 사실 그 우발적인 사고 때문에 그 청년이 그런 식으로 살 수밖에 없었는지도 모르지만—사람 목숨을 우습게 여겼고, 하찮은 이유로도 그 언제든 사람을 죽지 않을 만큼은 구타할 수 있다는 게 평상시의 자세였던 것이다.

결국 그 청년이 무현의 존재를 알고 말았다. 그렇게 늦게 알게 된 게 오히려 이상할 지경이기는 했다. 그날도 초해가 자정 무렵에 독서실을 나갔고, 조금 있다가 독서실 밖으로 나간 무현은 초해를 삼켜 버린 길 저쪽을 노려보았다. 그런데 누가 갑자기 뒤통수를 때렸다. 머리가 터지지는 않았지만 쇠파이프로 맞았기 때문에 바로 그 자리에서 기절했다.

그 고장의 하천에 큰 다리 하나가 있었다. 이럴 때 영화에서는 비가 내리는 일이 잦은데, 이 날 정말 비가 내렸다. 누가 보면 영화 찍는 줄 오해할 만한 장대비였다. 장대비 퍼붓는 다리 위, 가로등 불빛 밑에 무현은 내팽개쳐져 있었다.

우산 속에서 청년이 초해에게 소리쳤다.

"썅, 정말 아무 사이 아니야?"

초해는 기가 막힌다는 얼굴로 대답했다.

"오빠, 의심을 해도 좀 수준 있게 해. 저런 애는 트럭으로 줘도 노야."

"나도 직접 보니 의심이 사라진다. 네가 그간 바람핀 놈들은 그래도 수준이 있었는데 말이야."

"오빠, 그러니까 그냥 가자고. 저런 애 건드려서 뭐 해?"

무현은 빗줄기에 난타당하면서, 그들의 입술이 움직이는 것을 멍하니 바라보았다. 빗소리 때문에 그들의 말을 알아들을 수는 없었다. 무현과 초해의 시선이 만났다. 초해의 눈은 슬퍼하고 있다고 무현은 생각했다. 그래서 행복했다.

청년이 말했다.

"저 새끼 눈빛 좀 봐. 널 진짜 좋아하나 보다. 그냥은 안 되겠다. 손을 좀 봐줘야겠어."

"오빠, 제발!"

"너도 이 새끼를 좋아하는구나."

"아니라니까, 난 그저 오빠가 아무것도 아닌 새끼 때문에 손 더럽히는 게 싫어서……."

"닥치지 못해!"

무현은 보았다. 청년이 초해의 뺨을 후려쳤고 초해의 고개가 꺾이는 것을.

저 개새끼를! 무현은 벌떡 일어나 청년을 향해 발차기를 날렸다. 그러나 헛발질을 하며 나동그라졌다. 청년 일당의 무수한 발길질이 날아왔다. 무현은 옛날에 동무들과 함께 독사 한 마리를 밟아 죽인 적이 있었다. 지금 자신이 마치 그 독사가 된 기분이었다.

그러나 아프지 않았다.

정신을 차렸을 때, 무현은 가로등 밑에 홀로 누워 있었다. 하천물이 다리를 넘어서고 있었다.

또 얼마의 시간이 흘렀다. 누가 우산을 쓰고 무현의 얼굴을 내려다보고 있었다. 무현은 미소를 지었다.

"누나!"

초해가 말했다.

"해삼 말미잘 같은 새끼! 맞으니까 좋아?"

"누나, 누나를 사랑해!"

"해삼 말미잘 새끼! 이런 게 사랑이라고 생각하니? 이렇게 여자 때문에 얻어맞는 게 사랑이니? 삶이 영화니? 무슨 영화 찍니? 헛소리 그만 하고 응급실에 가자. 얼른 일어나란 말이야!"

"어떻게 일어나. 누나가 일으켜 줘야지."

"네 힘으로 일어나. 나를 사랑한다며? 사랑한다면 혼자 힘으로 일어나!"

"쳇, 누가 못 일어날 줄 알고."

무현은 버르적거리며 일어나려고, 일어나려고 애썼다. 소금에 던져진 미꾸라지처럼 퍼덕대는 무현을, 초해는 부들부들 떨며 바라보았다.

방갈로

  그의 터널 같은 방 구석구석에 쟁여져 있던 것들이 모조리 튀어나와 널브러져 있었다. 그는 두꺼운 책 열댓 권을 나일론 끈으로 묶고 있었다. 낙미는 놀라서 가슴에 안았던 수학 문제집을 떨어뜨릴 뻔했다.

  그는 반갑게 맞아 주는 소리를 했다.

  "너 마침 잘 왔다. 짐 싸는 것 좀 도와주라."

  낙미는 불뚝성이 나서 소리쳤다.

  "시 안 쓰고 뭐 하고 계신 거예요?"

  그는 떳떳한 모양이었다.

  "어, 어머님이 말씀 안 하셔? 나 서울로 가기로 했거든, 드디어."

"왜요, 왜 서울에 가요?"

"취직 했어."

"취직 안 하다고 했잖아요. 등단하기 전에는 서울 안 간다고 했잖아요?"

그는 눈보라 거세게 치던 날, 청라저수지로 이사 왔다.

낙미가 코흘리개였을 때, 한씨 아주머니가 처음으로 이 저수지에 식당을 차렸다. 가든이 식당과 어떻게 다른지는 모르겠지만, 상호를 '한씨가든'으로 달았다. 동네 사람들은 아주머니를 비웃었다. 어떤 미친놈이 여기까지 와서 밥을 처먹겠느냐고.

그런데 아주머니는 미친 게 아니라 선견지명이 있었다. 차 가진 사람이 부쩍부쩍 늘어났고, 차 가진 사람들은 시내를 벗어나 여기 저수지까지 와서 밥을 먹고 가게 된 것이다. 차로는 시내에서 여기까지 십 분도 안 걸렸다. 북적거리는 시내 식당에서 먹느니, 한적한 곳에서 출렁거리는 물결을 바라보며 먹는다는 거였다.

한씨 아주머니의 성공을 본 동네 어른들은 다투어 식당을 차렸다. 사실 뭐 간단한 일이었다. 어차피 집은 저수지가에 있으니까, 집을 식당으로 개조하면 되는 것이다. 새로운 식당은 한씨가든보다 저렴한 가격과 더 나은 맛으로 승부를 걸 수밖에 없었다.

한씨 아주머니는 손님이 줄어들자, 2층짜리 큰 집을 짓고는 민박을 시작했다. 민박을 시작하자, 다른 저수지로 엠티를 가던 대학생들이 떼거지로 몰려왔다. 동네 어른들도 식당만 해서는 안 된다는 것을 깨닫고 서둘러 민박집을 지었다. 마치 뱁새들이 황새 쫓아가는 것 같았다. 황새, 한씨 아주머니는 뱁새들에게 결정적인 한 방을 먹였다. 한꺼번에 이백 명이 춤출 수 있는 노래방을 지은 거였다. 아주머니 아저씨 단체 손님이 급증했다.

하지만 하늘은 공평했다. 조용한 것을 좋아하는 사람도 많았던 것이다. 조용한 사람들은 항상 사람이 넘쳐 나고 북적거리는 한씨가든 대신, 한적한 뱁새 식당을 찾았다. 그래서 단체손님은 한씨가든으로 가고, 연인 같은 단출한 손님은 뱁새 식당으로 가는 공존이 이루어졌다. 물론 이러한 공존은 저수지를 찾는 향락객이 더욱 늘어났기 때문에 가능했다.

낙미 엄마는 말했다.

"진짜로 우리나라가 먹고살 만해졌는갑다. 이냥 까마귀떼처럼 몰려다니면서 놀고먹는 세월이 올 줄 상상도 못했다."

그런데 한씨가든과 뱁새 식당들을 위협하는 사람들이 나타났다. 대도시에서 돈을 번 사람들이 저수지가 땅을 막 사더니, 서양 만화영화에서 튀어나온 것 같은 모양새의 건물—

레스토랑, 퓨전카페, 러브호텔—들을 세웠다.

그래서 저수지는 어떻게 보면 강남과 강북 같았다. 그 요상한 업소들이 몰려 있는 데가 저수지 남쪽이었고, 한씨가든과 뱁새 식당들이 몰려 있는 데가 저수지 북쪽이었던 것이다.

낙미 엄마는 말했다.

"참 오래 살고 볼 일이여. 이놈의 저수지가 생길 때만 해도, 이제 물 쳐다보고 살 일밖에 없다 싶었잖냐. 이렇게 밥장사, 물장사, 잠자리장사를 해서 먹고살 시절이 올 줄 꿈에도 몰랐다."

그러니까 이 저수지 동네에는 장사하는 사람과 손님밖에 없었다. 그런데 유일하게 이도 저도 아닌 사람이 하나 생겼는데, 그게 바로 그였다. 그는 학원강사였던 것이다. 아니다, 백수다. 학원강사 두 달인가 하고 때려치웠으니까.

하지만 동네 사람들은 그를 '대학생'으로 알았다. 그는 '자신은 이제 대학생이 아니다, 지난겨울에 졸업했다'고 정확하게 말했지만, 동네 사람들은 귀담아듣지 않았다. 동네 사람들은 대학생이 아니고서야 새파란 청년이 저수지가 폐가에서 살 까닭이 없다고 생각했던 것이다. 차도 없이 말이다.

낙미만이 정확히 그에 대해서 알았다. 그는 시인이 되고 싶어했다. 낙미는 그냥 등단이라는 걸 하면 시인이 되는 줄 알았는데, 그의 말을 들어 보니, 진정한 시인이 되기 위해서는 등단을 하더라도 신춘문예나 손꼽히는 문예지에 당선이 돼야 한다는 것이다.

그는 시인이 될 때까지 이 저수지에서 살 거라고 했다. 끝내 등단을 못하면 저수지에 빠져 죽을지언정, 이 저수지를 떠나는 일은 없을 거라고 말했다. 그랬는데, 떠난다는 것이다.

"아저씨는 허풍쟁이예요. 거짓말쟁이예요. 자기가 한 말을 왜 지키지 않는 거예요? 나약한 사람이에요. 등단을 포기했다는 거지요? 저수지에 빠져 죽기는커녕, 헤엄도 안 쳐 보고 포기했다는 거지요? 그렇게 나약해서 어찌 살려고 그래요?"

낙미가 울화통 삶아 내듯 지껄이자, 그는 좀 당황한 눈치였다. 침울해져서는 묶어 놓은 책더미에 걸터앉았다.

"그래, 나도 부끄럽다. 쪽팔린다. 하지만 등단, 그게 말처럼 쉬운 게 아냐. 마침 좋은 자리가 생겼어. 갈 수 있을 때 가야지. 나는 시인이 될 팔자가 아니야."

"그러는 게 어디 있어요? 그리고 왜 나한테 물어보지도 않고 떠난다는 거예요?"

"뭘? 너한테 뭘 물어봐?"

"몰라요, 몰라. 아저씨는 졸라 나빠요."

낙미는 도망치듯 그 폐가나 다름없는 집을 나왔다. 그가 산 지가 벌써 일 년이었지만, 하도 버려진 세월이 길고 집 관리도 통 하지 않아서—관리는 고사하고 청소도 잘 하지 않았다―폐가 꼴을 못 벗는 집이었다. 동네에는 버려진 집이 많았다. 그도 버려진 집 하나를 얻어 살던 거였다.

그 집에서 스무 걸음 떨어진 곳에는 무덤 다섯 기가 저수지를 바라보고 있었다. 낙미는 가장 싱싱한 무덤 앞에 퍼질러 앉았다.

눈물이 나왔다. 놀빛이 번들거리는 저수지에, 엄마가 노 젓는 보트가 보였다. 젊은 남자와 여자를 태우고 있었다. 서편 산기슭에 방갈로가 오십여 개 있었다. 그 중 열두 개가 낙미네 거였다.

저수지에는 밥장사, 물장사, 잠자리장사 말고 또 한 가지 형태의 장사가 있었다. '노 젓는 장사'였다. 낙미네는 낚시 도구 등속을 파는 구멍가게를 했다. 하지만, 가게 장사보다 방갈로장사가 훨씬 이문이 남았다. 이런 저수지를 찾아다니며 낚시하러 오는 손님은 기본적으로 낚시 도구를 갖췄다. 낙미네 가게서 지렁이 또는 떡밥이나 살까, 낚싯대 같은 것은 사지 않았다.

저수지 서쪽 산기슭은 도로도 없고 사람도 갈 수 없는 데여서 조용히 낚시하기에는 최적의 장소였다. 동네 사람들은 그 산기슭 쪽에 방갈로를 설치했다. 낙미네는 낚시 손님들을 그 방갈로에 태워다 주고 재워 주는 것으로 돈을 벌었던 것이다.

낚시보다는 딴생각으로 방갈로를 찾는 손님도 있었다. 아마 지금 보트에 탄 저 젊은 남녀도 낚시는 대충 하고, 밤새 딴 짓을 하리라.

순전히 짐작으로 하는 생각은 아니다. 낙미는 방학 때 방갈로 청소를 도맡았다. 홀로 노를 저어 가서 방갈로들을 청소하다 보면 콘돔이나 지저분하게 뭉쳐져서 괴상한 냄새를 풍기는 휴지 뭉치를 심심치 않게 발견할 수 있었다.

방갈로, 저 곳에서 잊을 수 없는 밤이 있었다.

낙미가 야간 자율학습을 마치고 막차를 타고 들어오니 밤 열한 시였다. 엄마와 아빠가 붕어찌개를 끓여 놓고 소주를 마셨다. 엄마 아빠는 벌써 육십 줄에 들어섰다. 그들은 사십 대 중반의 나이에 외동딸 낙미를 낳았다. 결혼생활 이십 년 동안 안 생기던 아이가 느닷없이 생겼던 것이다. 낙미는 라면을 끓여서 엄마 아빠의 술자리에 끼어들었다.

그때 그가 부스스한 머리로 나타나서는, 방갈로에서 낚시를 할 수 없느냐고 물었다. 엄마가 말했다.

"참 빨리도 왔다. 우리는 많이 취해 버렸어. 딴 데 가서 알아봐. 그런디, 가 봐야 소용없지. 다 문 닫았을걸. 그러지 말고 낚시는 내일 해."

그는 아쉬운 얼굴을 하고 돌아갔다.

엄마 아빠는 잠자리에 들자마자 곯아떨어졌다. 낙미는 공부를 하다 말고 찬바람을 쐬려고 밖으로 나갔다가, 선착장께서 낚시하는 그를 발견했다.

낙미는 장난이 치고 싶었다. 슬금슬금 내려가 "고기 많이 잡았나, 총각!" 했다. 그는 비명을 지르며 엎어졌다. 귀신으로 오해한 모양이다. 이렇게 섬약한 사람이 밤낚시는……. 낙미는 속으로 혀를 찼다.

"아저씨, 간이 콩알만 하구나."

"놀랐잖아. 청소년이 잠 안 자고 왜 돌아다녀?"

"산책 나왔어요."

야광찌를 바라보던 그가 말했다.

"야, 그런데 낙미야, 너네 보트 잠깐 빌리면 안 되겠냐? 내가 갖고 갔다가 도로 조용히 갖다 놓으면 되잖아. 한 삼만 원 주면 되나?"

"아저씨, 우리 방갈로가 어느 건지나 알아요?"

"아, 참, 그걸 모르지."

"내일 하세요."

"아냐. 내일부터는 분명히 안 할 거야. 난 낚시를 정말 싫어하는 놈이거든. 그런데 오늘은 꼭 하고 싶었어, 방갈로에서! 왜 그런지 모르겠지만 오늘 아니면 못 할 거라고. 무슨 수가 없을까. 지금 방갈로들이 다 차 있나? 아무 방갈로나 가서 몇 시간만 했으면 정말 좋겠다. 딱 해 뜰 때까지만 했으면!"

"정 소원이라면 내가 태워다 드릴게요."

"네가?"

낙미는 보트에 그를 태우고 나아가기 시작했다. 그는 '연약한 네가 무슨 노를 젓겠느냐'면서, 자기가 노질을 하겠다고 설쳤다. 하지만 낙미의 노 젓는 솜씨를 보더니 입을 다물었다. 저수지 한가운데에 다다랐을 때에야 입을 열었다.

"너, 노 정말 잘 젓는다. 조정 선수 같다. 졸라 빨러. 소리도 거의 안 나고. 부모님보다 낫겠어."

"다들 내 실력이 더 낫다고 그래요. 내 노 젓기 경력이 벌써 칠 년이라고요. 열 살 때부터 노를 저었다는 거지요. 하지만 이게 사람이 할 짓인가요. 우리 엄마 아빠도 빨리 돈 벌어서 모터보트를 사야 될 텐데, 그런 날이 올지 모르겠어요."

달 밝은 밤이었다. 별이 우박처럼 쏟아질 것 같은 하늘이었다. 낙미네 방갈로 열두 개가 점점이 흩어져 있는 산기슭에 도착했다. 엄마는 손님이 하나도 없었다고 했다. 비수기에 평일이니 당연했다. 5호 방갈로에 뛰어올라 보트 줄을 한쪽 기둥에 묶었다. 그는 낚시 채비를 하면서 연신 주위를 살폈다.

낙미는 돌아가고 싶지 않았다. 낙미는 방갈로에 편안한 자세로 앉았다.

그가 낚싯대를 던진 뒤에, "너, 돌아가야지."라고 했다. 그런데 하기 싫은 말을 억지로 하는 것 같았다.

"나 가면 어떻게 돌아올 건데요? 설마 나더러 아침에 데리러 오라는 건 아니겠죠?"

"넌 자야지. 어머님한테 나 여기 있다고 말씀 드려."

"그럼 나, 우리 엄마한테 맞아 죽을걸요. 다 큰 처녀가 새벽 한 시에 사내를 태우고 방갈로에 갔다, 그런 말 듣고 가만히 있을 엄마가 있을까요?"

"어, 그게 그렇게 되나? 그럼, 나를 왜 데려다 준다고 했어?"

"아저씨를 좋아하니까요."

"엥, 그게 무슨 말이야?"

"제가 아저씨 집에 가는 게, 정말로 시집이나 소설책을 빌리고 싶어서라고 생각했어요? 토요일날, 일요일날, 내가 괜히 아저씨네 집 기웃거리는 줄 알았어요? 나랑 그렇게 자주 마주치고도 그게 다 우연이라고만 생각했어요?"

"대체 네가 무슨 말을 하는지 모르겠다. 그러니까, 하여간, 여기 있겠다는 거지? 아니, 있을 수밖에 없다는 거지?"

"그래요. 바로 그거예요."

"마음대로 해라, 마음대로 해!"

그의 낚시질 솜씨는 정말이지 형편없었다. 파랑이 심한 편이었다. 그는 야광찌를 열심히 바라보고는 있었지만, 뜸질인지 파랑에 휩쓸린 것인지 거의 구분하지 못했다. 낚싯대를 연신 들었다가 담갔다가 분주하기만 했다. 낙미는 달빛 아래서 무언극 하는 것 같은 그의 움직임을 말없이 바라보았다.

한 시간여 동안 피라미 한 마리도 못 잡으면서 담배는 근한 갑이나 피운 그가 말했다.

"에이, 못하겠다. 지렁이 갈기도 지쳤어."

그러고는 낙미에게 가까이 붙어 앉으며 말했다.

"넌 춥지 않니? 바람이 좀 쌀쌀한 것 같다."

"난 파카 입었잖아요. 아저씨는 좀 춥겠네요."

"그래 좀 춥다. ……그런데 너 무섭지 않니? 나이도 어린애가."

"난 아저씨가 하나도 안 무서워요. 설마, 아저씨가 이상한 생각 하겠어요? 시인을 꿈꾸는 사람이."

"그건 오해야. 시 쓰는 사람들이 이상한 생각을 얼마나 많이 하는데. 이상한 생각을 하니까 시를 쓸 수 있는 거야. 남들은 똑같은 것을 보고 똑같이 생각하지. 하지만 시인들은 똑같은 걸 봐도 다르게 생각해. 시인들 눈에는 남들이 아무렇지 않게 바라보는 세상이, 너무 이상해 보이는 거야."

"그러니까 지금 이상한 생각을 한다는 거예요?"

"무슨 말을 하는 거야? 내가 안 무섭냐고 물은 것은 귀신들이야. 사실 난 내내 떨었어. 너한테 쪽팔릴까 봐 내색을 못한 것뿐이야. 산에서는 산귀신이 울어 대지, 물에서는 물귀신들 울어 대지. 정말로 무섭다. 나, 낚싯대 던지면서도 제발 아무것도 잡히지 말라고 기도했다. 붕어 대신 귀신이라도 딸려 올까 봐. 그냥 막 겁난다."

"뭐가 그렇게 무서워요? 그렇게 무서움 타는 사람이 묘지 옆에서는 어떻게 살구요?"

"거기는 그래도 집이잖아. 난 무서워 죽겠어. 너 없었으면 울어 버렸을지도 몰라. 넌 정말 하나도 안 무섭단 말이지? 저 귀신들이."

"무서울 리가 없지요. 난 태어나면서부터 이 저수지 귀신들하고 친구였으니까."

"이젠 너도 무서워지려고 한다. 귀신하고 친구라니. 근데 어머님이 밤에 깨어나고 그러지는 않으셔? 너 없는 거 보고 놀라시는 것 아니냐고?"

"엄마 아빠는 술 드시면 쉽게 못 일어나요. 그리고 실은 내가 한밤중에 배 타고 나돌아 다니는 거 자주 있는 일이라 아무 상관 없어요. 나, 자주 이래요. 처음엔 엄마도 내가 좀 이상하다고 걱정 많이 하셨는데, 이젠 걱정 안 하셔요."

"그래? 그렇다면 다행이고. 그런데 그것 참 이상한 버릇이다. 너 몽유병 아니냐? 어린애가 왜 한밤중에……."

"그러게 말이에요. 나도 내가 왜 이러는지 모르겠어요."

"낙미야, 우리 그만 가자. 난 이제 소원 풀었어. 방갈로에서 낚시해 봤으니까 이젠 됐어. 무엇보다도 너무 무섭구나. 여기 이대로 너랑 같이 있다간 내가 무슨 일을 저지를지 모르겠어. 물귀신들이 자꾸 들어오라고 손짓하는 것 같아. 그만 가자. 벌써 새벽 두 시가 넘었어."

"아직 해가 뜨지 않았잖아요. 해 뜨는 걸 보고 싶다고 했잖아요?"

"아냐, 안 봐도 돼. 됐어. 그만 가자. 나 가서 시 쓸래."

"싫어요. 그러지 말고 우리 얘기해요, 네?"

"무슨 얘기를 해, 우리가. 우리가 무슨 할 얘기가 있어?"

"나이 차이 난다는 건가요? 세대 차이 난다는 건가요? 내가 어리단 건가요? 그럼 내 얘기를 듣기만 해요."

낙미는 주저리주저리 자신의 짧은 인생사를 회고했다. 고등학교 생활의 이모저모를 떠벌렸다. 자신이 겪은 몇 번의 짝사랑에 대해서 이야기했다. 자신의 암담한 미래를 불평했다. 불평만 늘어놓은 것은 아니었다. 자신의 찬란한 꿈을 노래하기도 했다.

"내 꿈은 노벨문학상을 받는 거예요. 이래 봬도 내가 문사라고요. 아저씨는 그거 알지요. 상금 사냥꾼. 내가 바로 그 상금 사냥꾼이에요. 백일장이란 백일장은 죄다 가 봤어요. 상도 여러 번 탔어요. 상금을 도서상품권으로 주는 데가 가장 밥맛이에요. 그냥 돈으로 주면 안 되나요? 난요, PC 통신에 연재소설도 써요. 문학만이 나의 희망이에요. 나는 정말 좋은 소설가가 될 거예요."

"그러려면 책을 많이 읽어야지."

"그래서 내가 아저씨 책을 빌려다 읽는 거잖아요. 그런데 아저씨 뽀뽀해 주면 안 되나요?"

"안 돼. 원조교제는 안 돼."

그날 그들은 기어이 해 뜨는 것을 보고야 말았다.

그리고 아무 일도 없었지만, 낙미는 경계를 넘어서는 일이라도 생겼다는 듯 행동했다. 책 빌린다고 잠깐씩 머물렀던 낙미는 공부하고 간다고 몇 시간씩 머물렀다. 토요일 일요일은 그의 집에서 아예 살다시피 했다. 언제부턴가는 평일 밤에도 머무르기 시작했다. 야간 자율학습을 땡땡이치는 거였다.

낙미 엄마 아빠는 그에게 고마워했다.

"공짜로 우리 낙미를 가르쳐 주고, 고맙네, 고마워! 성불할 것이여. 우리가 갸를 간신히 가르치고는 있는디 학원을 보내줄 수가 있나 과외를 시켜 줄 수가 있나 가슴에 뭐 들어앉은 것처럼 깝깝했는디, 그런 우리를 위하야 하늘이 자네를 보내줬구만."

그는 차츰 익숙해졌다. 낙미가 있건 없건 제 할 일을 했다. 책을 보고 글을 쓰고 통신을 했다. 낙미도 제 할 일을 했다.

문예공모에 낼 글을 다듬고, 영어 수학 문제를 풀었다.

낙미는 가끔 그가 불구가 아닌가 생각했다. 어쩌면 그렇게 나뭇등걸이라도 되는 양 이상한 생각을 안 할 수가 있단 말인가. 열여섯, 옛날 같으면 결혼해서 애 낳았을 처녀가 덤벼 대는데도. 아니야, 지가 무슨 부처님 가운데 토막이라고 이상한 생각을 안 했겠어. 꾹 참았던 걸 거야. 그것도 놀라운 일이기는 하다. 어떻게 그토록 확실히 참을 수 있단 말인가. 암튼 세상의 모든 수컷이, 애고 어른이고 간에 치마 두른 여자만 보면 환장하는 것은 아니라는 걸 알게 되었다.

이런 일은 더러 있었다. 낙미는 그의 방에서 잠도 잘 잤는데, 문득 옷을 발가벗기는 듯한 느낌이 들었다. '아마도 당신의 불타는 눈길이 내 몸뚱이를 짯짯이 훑어 내리는 거겠지. 하고 싶은 대로 해도 된다고요, 아저씨! 나도 원한다고요, 아저씨!' 낙미는 주문을 외우다시피 하며 기다렸지만 느낌만 계속될 뿐이었다. 기다리다 지쳐서 눈을 떠 보면, 그는 모니터를 뚫어져라 쳐다보고 있었다.

그랬는데 그가 떠난다는 것이다.

그가 어쩔 바를 모르겠다는 표정으로 무덤가에 나타났다. 낙미는 기다렸다는 듯이 펑펑 울어 버렸다. 억울하고 분하고 섭섭해서 미칠 것 같았다.

그는 "미안해, 미안해. 내가 잘못했어!"라고 말했다.

낙미는 울음을 뚝 그치고 소리 질렀다.

"아저씨가 뭘 잘못했지요? 아저씨는 아무것도 잘못한 게 없어요. 아녜요, 잘못했어요. 여자 마음을 그렇게 몰라줘요? 아저씨가 그렇게 훌륭한 놈이에요? 까짓 하면 좀 어때요? 왜 그렇게 꾹꾹 눌러 참아야 하는 거지요? 우린 고작 아홉 살 차이에요. 아홉 살 차이는 아무것도 아녜요. 이 년만 기다려 주면 난 학생 끝나요. 뭐가 문제죠?"

그는 끝까지 발뺌하려고 들었다.

"낙미야, 난 네가 무슨 말을 하는지 모르겠고, 이사 간다고 말하지 않은 걸 잘못했다는 거야. 자주 놀러 올게. 음, 그렇지 낚시하러 올게. 방갈로에서 낚시 한 번 더 해야지."

낙미는 울먹이며 물었다.

"아저씨, 정말로 묻고 싶은 게 있어요. 나한테서 도망치는 거예요? 내가 무서워서 달아나는 거예요?"

"아냐, 취직했다니까."

"내가 무서워서라면 떠나지 말아요. 다시는 안 괴롭힐 테니까."

"괴롭히다니? 낙미 덕분에 내 생활은 행복 그 자체였어. 난 단지 떠날 수밖에 없어서 떠나는 거야. 취직 해서 돈 벌어야지. 그래야 낙미 같은 여자를 만났을 때 결혼을 하지."

"그럼 약속해요. 내가 스무 살이 될 때까지 기다려요. 그때까지 결혼하지 말아요."

"글쎄 그런 걱정은 안 해도 돼. 내 주제에 조기 결혼은 불가능하니까."

"그럼 됐어요. 서울 가서 기다려요. 돈 많이 벌면서 나를 기다려요. 됐어요, 가요. 가서 이삿짐 꾸려요. 뱃사공 낙미의 힘을 보여 드릴게요."

낙미는 그의 집으로 달려갔다. 그는 한숨을 내쉬며 이내에 물들어 가는 낙미의 허벅다리를 바라보았다.

편안한 잠

놈들은 커피를 마시려고 커피를 배달시키는 게 아니다. 요새 커피 없는 데가 어디 있단 말인가? 우리 다방 커피가 커피믹스보다 훨씬 맛있어서? 그건 개가 짖는 소리다. 우리 다방이 쓰는 커피, 프림, 설탕은 슈퍼에서 파는 것 중에서 가장 싼 것이다.

우리 다방 커피와 슈퍼 커피믹스가 다른 점은 딱 하나뿐이다. 커피믹스는 원래 합쳐져 있고, 우리 다방 커피는 내가 놈들이 보는 앞에서 커피와 설탕과 프림을 합친다는 것.

그렇다면 놈들은 왜 커피를 시키는가? 나를 음흉한 눈길로 훑어보기 위해서다. 나에게 시시껄렁한 음담패설을 퍼붓기 위해서다.

나를 더러운 손바닥으로 주물럭거리는 게 목적인 놈들도 있다. 정말 그런 놈들이 있다. 세상이 조폭 혹은 양아치로 부르는 놈들, 싸가지가 바가지인 놈들, 생각이란 게 없는 놈들, 그런 놈들 앞에 가면 내 몸뚱이가 아니거니 하고 가만히 있어야 한다. 괜스레 살가죽 아끼려고 했다가는 피가 난다.

첫 달엔 얼마나 얻어터지고 다녔는지 모른다. 코피 흘린 것만 여섯 번이고, 입술 터진 게 열세 번이었다. 놈들은 꼭 뺨따귀를 갈겼다. 내 코와 입술 피부가 너무 약해서 놈들의 손가락이 스치기만 해도 피가 나는 거였다. 마담 언니는 '네 피부는 특수 피부'라고 했다.

하기는 피 흘린 덕분에 덜 맞은 것인지도 몰랐다. 피를 낸 놈들은 피 본 걸로 끝냈다. 약값이라고 만 원짜리 한 장을 내미는 놈들도 있었다.

아예 인간 말짜도 있었다. 내가 축구공이라도 된다는 듯 발로 뻥뻥 차 대는 놈들, 내가 샌드백이라도 된다는 듯 주먹으로 가슴과 배를 퍽퍽 쳐 대는 놈들. 도대체 내가 맞을 데가 어디 있단 말인가. 그런데도 패는 것이었다. 피는 한 방울도 안 났지만, 곧 죽는 줄 알 만큼의 아픔이 있었다. 기절한 적도 있었다.

이젠 이력이 붙고 요령이 나서 얻어맞고 다니지 않지만, 처음엔 그렇게 동네북처럼 얻어터지고 다녔다. 처음엔 내가 왜 이유도 없이 맞아야 되나 기가 막혔다. 그런데 맞다 보니 맞는 이유를 절로 알게 되었다. 놈들의 자존심을 상하게 했기 때문이었다. 놈들은 '사나이로 태어나서 더러운 다방 레지년한테 무시당했기' 때문에 그 지랄들이었던 거다.

이를테면 이런 식이다. "옥얀이 젖, 얼마나 큰가 볼까? 으흐, 가만히 있어 봐. 오빠가 브라자 하나 사 줄라고 그래." 같은 말을 씨불이면서 놈이 내 가슴께를 더듬는다. 이때 나로서는 너무나도 당연하게 "이러지 마세요!" 하면, 그걸로 멈추는 놈들이 있는데, 멈추기는커녕 더 지랄을 하는 놈들이 있다. 오기가 발동한 것이다.

나는 그것도 모르고 계속 내 가슴살을 지키려다가 얻어터졌던 거다. 물론 가슴살 못 만지게 했다는 이유로 때리지는 않았다. 정말 별 거지 같은 까탈을 잡았다.

커피에 파리가 빠져 있다는 둥, 유효기간이 지난 커피를 쓴 게 틀림없다는 둥, 중국 프림을 탔다는 둥. 내가 어쩔 수 없이 말대꾸를 하면 어린 게 말대꾸한다고, 서비스 정신이 개판이라고 주먹질을 하는 거였다.

경찰은 개폼으로 있냐고 하실 분 있을지 모르겠다. 그런 분들께 내가 마담 언니에게 들은 말을 그대로 전해 드리고 싶다. 그놈들을 경찰에 신고하겠다고 했을 때, 마담 언니가 해 준 말이다.

"너 쥐도 새도 모르게 뒤통수 깨지고 싶냐?"

구질구질한 얘기는 그만두고 그 사람 얘기를 해 보자. 그도 물론 나를 처음 만났을 때 다른 놈들과 마찬가지로 첫 질문은 "새로 왔네. 언제 왔어?"였고, 그 다음 질문은 "이름이 뭐야?"였고, 그 다음은 "나이가 몇이냐?"였다.

나는 첫 번째, 두 번째 질문에는 거짓말을 하지 않았다.

"옥얀이? 예명도 참 희한하게 지었네."

"본명이야. 구슬 옥에 하얀 얀. 한자 한글 합친 이름이지."

나이는 거짓말을 할 수밖에 없었다.

"스무 살."

그도 다른 놈들과 마찬가지로 내 말을 믿지 않았다.

"스무 살, 그거야 미성년자 레지들 공식 지정 나이지. 네 진짜 나이는, 내가 맞혀 볼까? 열일곱 살이지?"

놈들은 왜들 그렇게 내 나이를 잘 맞히는지 모르겠다. 열 중의 일고여덟 놈이 내 나이를 정확히 맞혔다. 나머지 놈들도 '열일곱 아니면 열여덟'이라고 했으니까 대강 맞힌 것이다. 화장을 아무리 지저분하게 해도, 옷을 아무리 야하게 입어도, 내 얼굴은 나이를 속일 수 없단 말인가? 아니면 놈들이 죄다 관상쟁이라도 된단 말인가.

하지만 나에게는 항상 준비해 둔 대답이 있었다.

"오빠, 요새 다방에서 미성년자 못 써. 큰일 나. 민증 까

볼까?"

"그 조잡한 위조 민증, 교통순경한테 걸렸을 때는 내밀지 마라."

"우리가 바보야. 아무한테나 내밀게."

말하자면 짜고 치는 고스톱이었다. 그는 알 거 다 알면서 물어본 거였고, 나는 그가 알 거 다 안다는 것을 알면서도 거짓말을 한 거였다.

그는 당구장 사장이었다.

나는 '아이엠에프'를 귀에 달고 사는 년이다. 노인네들이나 중늙은이들이나 젊은 놈들이나 커피 보따리를 들고 가 보면 누구나 그놈의 아이엠에프 타령을 했다. 다방 커피 시켜 먹을 돈은 있어도, 먹고살 돈은 없다고 징징대는 거였다. 아이엠에프 타령의 2절은 김영삼 대통령 욕하기였다. 그 대통령이 나라 말아먹었다는 거였다. 나는 이해할 수가 없었다. 지들이 뽑아 놓고 왜들 난리인가.

하지만 나로서는 그들이 뭐가 그렇게 어렵다는 건지 알 수가 없었다. 다들 어쨌든 사무실을 운영하거나 가게를 했으니까. 결정적으로 다방 커피를 하루에도 몇 번씩 시켜 먹는 인간들이었으니까.

그러나 내 미련한 눈에도 확실히 아이엠에프의 현주소가 보이는 데가 있었다. 바로 당구장이었다. 한창 돈 벌어야 할

2, 30대 젊은 놈들이 낮이나 밤이나 담배 물고 당구나 치는 거였다.

놈들은 커피를 마실 때에도 궁상을 떨었다. 석 잔 시켜 놓고 최소한 여섯 잔, 많게는 열대여섯 잔까지 타 내라고 지랄을 하는 거였다. 또 그 커피 석 잔 값 안 내려고 죽기 살기로 당구를 치는 모양이었다. 꼴찌 하는 놈이 내는 거니까. 나 같은 년이 보기에도 참 불쌍한 청춘들이 아닐 수 없었다.

그러니 당구장에서 제대로 된 놈으로 보이는 건, 당구장 사장밖에 없었다. 그는 다른 놈들처럼 백수가 아니었고 엄연히 사장인 것이다. 그는 그 당구장에서 죽치는 놈들과 또래였다. 그러니 더욱 돋보일 수밖에. 누구는 그 나이에 사장인데 다른 놈들은 백수인 것이다.

게다가 그는 겸손하기까지 했다.

"이게 사업? 당구대 열 개 놓고 나 혼자서 다 하는데, 사장? 개가 웃겠다. 그나마 때려치워야 돼. PC방 때문에 볼 장 다 봤어. 요새 고삐리들은 당구도 안 치냐. 그 스타크래프트라는 게 그렇게 재밌나? 버는 게 없어. 백수보다도 못한걸."

그래도 나는 백수보다 '개가 웃는 사장'이 훨씬 마음에 들었다.

그에게 약점이 없는 것은 아니었다. 그는 키가 작았다. 160센티미터에 조금 못 미치는 나보다도 5센티미터나 작았다. 학교 다닐 적에 무척 괄시를 받았다고 한다. "남자 새끼들은 키 작으면 고달퍼요, 고달퍼. 나도 서러움 겁나게 받았지."라고 했다. 그리고 그는 벌써 대머리였다. 그래서 꼭 모자를 쓰고 다녔다.

하지만 그는 작은 키와 대머리를 만회하고도 남을, 아주 멋진 차를 가지고 있었다. 하기는 다른 놈들 차도 멋있었다. 놈들은 직장은 잃어도 차는 지켰던 것이다. 놈들 말로는 차도 없으면 총 없는 군바리와 같다나.

그래도 그의 차가 가장 높고 길고 넓었다. 외제는 아니었지만, 국산 지프차 중에서는 최고급이랬다.

그의 당구장을 드나든 지 한 달쯤 되었을 때 그가 물었다.

"너는 티켓 안 끊냐?"

"티켓 안 끊으면 뭘로 벌어?"

"그럼 나한테는 왜 안 끊어 달래?"

"오빠도 끊어 줘?"

"나 잘 끊어 줘. 소문 못 들었나?"

"그럼 끊어 줘. 나 배달 다니기 싫어 미치겠어."

"그래, 끊어 줄게."

"정말? 정말이지? 그래 몇 시간 끊어 줄 거야? 두 시간 해 주면 안 돼?"

"그래 두 시간."

나는 다방 마담 언니에게 전화를 걸어, 티켓 두 시간 끊었음—그가 나를 두 시간 동안 데리고 놀기로 했다는 것. 그래서 이따가 커피 40잔 값에 해당하는 돈을 받아 가지고 들어가겠다는 것—을 보고했다.

그는 당구장을 후배에게 맡기고, 나를 주차장으로 데리고 갔다. 나는 그의 차에 탔다. 그가 시동을 건 다음 물었다.

"잘래?"

"자는 건 7만 원이야."

"아니, 너 말이야. 나는 별로 자고 싶은 생각 없어."

"나도 별로 자고 싶지 않아. 밤에 하는 걸로 충분해."

"그래도 그걸 해야 돈을 벌잖아?"

"난 돈독 오른 년이 아냐. 사실은 너무 아파서 못하겠어. 그거 하고 나면 정말 아파. 가능하면 핑계를 대고 그 짓을 안 하려고 하는데, 이삼 일에 한두 번은 어쩔 수 없지 뭐. 너무 아파. 부엌칼로 막 쑤셔 대는 것 같아. 그거 안 하면 잠을 못 자겠다는 애들도 있는데, 난 아냐. 체질이 아닌가 봐. 하기 싫어 죽겠어."

"그럼 뭐 먹으러 갈래? 조개구이 사 줄까?"

"난 아무거나 괜찮아. 오빠 맘이지. 오빠가 나를 두 시간 샀잖아."

그는 어디론가 차를 몰았다. 처음 보는 풍경이 나타났다.

강도 아니고 바다도 아니고 저걸 뭐라고 해야 할지.

그가 말했다.

"너, 갯벌 처음 봐?"

"음, 처음 봐. 너무 멋있어. 이런 데도 있었어?"

그가 차를 세웠다. 넓디넓은 갯벌이 한눈에 들어오는 한적한 도로가였다. 갯벌 저 멀리 사람들이 뭘 하고 있었다.

"저 사람들 뭐 하는 거야?"

"조개 캐는 거지."

그가 나를 덮치듯 했다. 각오는 했지만 기분이 약간 나빴다. 점잖은 척은 다 하더니, 결국 저도 할 거면서. 7만 원 꼭 받아 가야지. 그가 조수석을 침대처럼 젖혀 주었다. 조수석의 나는 눕혀졌다. 그가 올라타기를 기다렸다. 나는 벌써부터 아플 게 걱정이 되었다. 이 짓만 안 할 수 있다면 다방 레지도 천년만년 할 수 있을 것 같은데.

"푹 자라. 이따가 깨워 줄게."

"오빠, 안 할 거야?"

"나 7만원 없어. 나도 좀 자야겠다."

그는 의자를 좀 뒤로 젖히고 눈을 감아 버렸다. 나는 두 시간을 푹 잤다. 차에서도 그토록 편안하게 잘 수 있다는 것이 신기했다.

그가 시내로 돌아올 때 물었다.

"넌 왜 다방 레지가 됐어?"

"해수욕장에 놀러 왔다가 돈 떨어져서. 집에 가기도 싫고. 생활정보지에 백오십만 원씩이나 준다고 적혀 있기에 딱 한 달만 벌자고 들어갔는데……. 글쎄, 한 달이 지나니까 돈을 번 게 아니라 빚이 백오십만 원이 돼 있데. 내가 일은 조금 하고—그때는 몸을 안 팔았거든—먹고 쓰기만 했다는 거야. 기가 막혔지만 어떻게 해."

"아직도 그런 놈들이 있나?"

"지금은 빚 거의 없어. 마담 언니 말이 자기 때와는 달라서, 다방 레지도 일한 만큼 벌고 안 쓰는 만큼 모을 수 있대. 마담 언니가 젊었을 적에는 이놈 저놈한테 뜯기다 보면 벌 수도 모을 수도 없었대. 하여간 마담 언니 말대로 했더니 돈이 벌어지고 모아지더라고. 내가 영계잖아. 나 찾는 아저씨들이 많아. 악착같이 안 쓰고 모았지."

"빚을 갚았으면 집에 가야지."

"집에 가기가 싫다니까. 집엔 안 갈 거야. 지긋지긋해. 어디로 가긴 가야 할 텐데, 어디로 가야 할지 모르겠어. 다방에서 돈을 너무 쉽게 버니까, 속 시원히 떠나지를 못하는가 봐."

나는 그의 차에서 여섯 번을 더 잤다. 한 달에 한 번 꼴이었다. 그는 여섯 번 모두 순순히 티켓을 끊어 주었고, 나를 가만히 자도록 내버려 두었다. 나는 그때마다 푹 잤다.

나는 일주일에 한 번씩 그에게 티켓을 끊어 달라고 부탁하고 싶었다. 그러나 그것은 안 될 일이었다.

그의 장사 안 된다는 말은 엄살이 아니었다. 그의 선후배와 친구들을 빼면 거의 손님이 없었다. 게다가 그 손님이란 것들이 양심이 글러 먹은 놈들이었다. 순 공짜로 치는 놈에, 외상하고 몇 달이 가도 안 갚는 놈에, 커피값을 대신 내 달라고 해 놓고는 떼먹는 놈에 별의별 놈이 다 있는 모양이었다. 그래도 그는 친구들을 두둔했다.

"걔들이 있는데 안 내는 게 아니잖아? 생기면 갚겠지. 아이엠에프만 아니었으면 다들 착실히 살았을 애들인데, 참 안타까워."

"오빠가 무슨 자선사업가야. 왜 모질지를 못해?"

"당구장 모질게 해서 몇 푼이나 더 벌겠다고. 그런데 네가 걱정해 주니까 오빠 되게 좋다."

그렇게 장사가 안 된다기보다는 장사를 못하는 그에게, 그래서 별로 돈도 없는 그에게, 일주일마다 티켓을 끊어 달라고 한다면, 그건 날강도 짓일 거였다. 나는 정말로 피곤한 날, 정말로 살고 싶지 않은 날, 정말로 슬프고 우울한 날, 정말로 견딜 수 없이 아픈 날, 정말로 편안하게 한 번 자 보고 싶은 날, 그런 날, 딱 여섯 번만 그에게 티켓을 부탁했다.

그는 언제나 내가 원하는 장소를 물었고, 나는 늘 처음으로 갔던 그 자리, 갯벌이 한눈에 보이는 그 공터로 가 달라고 부탁했다. 나는 그곳이 편하고 좋았다. 스르르 잠이 왔다. 꿈도 없이 짧지만 깊은 잠을 잤다.

그는 처음과 마찬가지로, 한 번도 내 옷을 벗기려고 하지 않았다. 미니스커트 자락을 들어올리지도 않았다. 음담패설도 하지 않았다. 그냥 자라고만 했다.

그에게 마지막으로 티켓을 끊은 날 내가 말했다.

"오빠 하고 싶으면 해. 돈 안 받을게."

"안 해."

"오빠 고자야? 해. 그래야 나도 마음이 편하지."

"난 하기 싫거든."

그는 정말 고자인지도 몰랐다. 어떻게 편안하게 자고 있는, 미성년자 레지를 옆에 놔두고 손 한 번 안 댈 수 있단 말인가. 공짜로 하라고 했는데도 안 한다니, 고자가 아니고는 있을 수가 없는 일이다 싶었다. 고자가 틀림없는 그는 눈을 감고 무슨 생각을 하고 있었을까? 그도 자고 있었나? 당구장 일이 너무 피곤했나?

나는 그가 고마웠다. 티켓을 끊고도 아무것도 요구하지 않았기 때문만은 아니었다. 이 고장에는 우습게도 다방이 스무 개가 넘었다. 커피를 시켜 먹는 놈들은 한정돼 있었다. 그러니까 다방 간에 레지들 간에 경쟁이 치열했다.

커피를 시켜 먹는 놈들은 아무나 오라고 하지 않았다. 무슨 다방 누구를 점찍어서 주문했다. 그러니까 이 고장 레지는 연예인들처럼 인기를 먹고 산다고 할 수 있었다. 레지로 돈을 벌려면 스타가 돼야 하는 것이다.

'오봉댄서 오양'이라 불리던 전설적인 스타 레지 언니가 있었다. 그 언니에 대한 말들을 종합하면 이랬다. 레지들은 전반적으로 옷을 유난스럽게 입고 다녔는데, 그런 레지들 중에서도 튀어 보일 만큼, 오양의 패션은 유별났다. 다른 레지들이 '거의 벗은' 정도였다면, 오양은 '벗은 거나 다름없는' 수준이었다.

오양은 그 패션으로 커피 시킨 손님들 앞에서 스트립쇼를 했다. 돈만 찔러준다면 브래지어, 팬티까지 다 벗어던졌다. 이 소문이 퍼져서, 놈들은 오양의 스트립쇼를 보겠다는 일념으로, 오양만 찾았다. 오양의 스케줄은 커피 많이 시키고 팁을 아낌없이 베풀 준비가 돼 있는 놈들로만 골라잡았는데도, 빽빽해서 비집고 들어갈 틈조차 없었다. 한 달에 오백만 원은 우습게 벌어들였다.

오양에 대한 소문은 놈들의 아내들에게까지 퍼졌다. 놈들의 아내들은 오양을 '풍기 문란한 행위를 했다'고 경찰에 신고했다. 평소 오양의 스트립쇼를 즐겨 감상하던 어떤 경찰에게 이 소식을 들은 오양은, 유유히 이 고장을 떠나갔다.

오양처럼 스타가 되지는 못하더라도, 최소한 단골가게 하나 정도는 확보해야 레지로 살아남을 수 있었다. 불러 주는 데가 없어 한 달을 못 버티고 섬으로 떠난 언니들을, 나는 여럿 보았다.

나에게는 그의 당구장이 있었던 것이다. 나는 그의 당구장 전속 레지나 다름없었다. 그의 친구들이 다른 다방 누구를 불러 달라고 해도, 그는 못 들은 척 나를 불렀다. 그래서 나는 그의 당구장을 하루에 스무 번은 드나들었다.

그는 언제나 환한 웃음으로 나를 맞아 주었다. "우리 옥양이 왔네." 하고 꼭 이름을 불러 주었다. 나에게 심한 농지거리를 하는 놈이 있으면, 그가 조용히 말려 주었다. "야, 그만해라!"라는 그 말 한마디가, 하늘에서 내려온 동아줄처럼 생각되는 때가 얼마나 많았던가.

나는 그 고장에서 백 명도 넘는 남자와 그 짓을 했다. 할 수밖에 없었다. 그런데 기억나는 유일한 남자는, 그 짓을 한 번도 한 적이 없는 그였다. 담배도 못 피우고 술도 못 마시던 그는 지금 무엇을 하고 있을까?

그가 당구장을 정리하고 수도권에 있는 도시로 떠날 거라고 말했을 때, 나는 축하를 해 주었다.

"잘 생각했어, 오빠. 이 촌구석에서 무슨 돈을 벌 수 있겠어. 꼭 성공해야 돼."

하지만 당구장을 나오면서부터 나는 울었다. 스쿠터를 타고 갯벌을 향해 달렸다. 울면서, 울면서 달렸다.

　그가 정말로 떠나 버리자, 나는 견딜 수 없이 쓸쓸해졌다. 가슴이 텅 빈 듯했다.

　그래서 나도 그 고장을 떠날 수밖에 없었다.

월드컵

우리도 월드컵 커플이다. 우리도 2002년 월드컵 때, 우리나라 대표팀의 축구 경기가 있던 날 맺어졌다.

우리나라와 포르투갈의 경기가 있는 날이었다. 담임 선생은 "우리 오늘도 힘차게 응원하자!"라고 말한 뒤, 두 손을 들었다. 선생이 설명하지 않아도 뭘 하자는 건지 다 아는 아이들은 활짝 웃으며 손을 들어올렸다. 대부분 붉은악마 티셔츠를 입었다. 누가 시키지도 않았는데 알아서들 그렇게 시뻘겋게 갈아입고 있었다.

선생도 붉은악마 티셔츠를 입고 입었다. 서른여섯 살 노처녀인 담임의 가슴이 볼록하게 튀어나와 있었다. 가슴 큰 게 자랑인 여자였다. 담임은 곧잘 "나의 좌우명은 애들 수준에

맞추자야."라고 말했는데, 이번 여름에 그 좌우명을 실컷 실천할 작정인 모양이었다.

붉은악마들—선생과 아이들—은 들어올린 두 손을 부서져라 쳐 대며 '대한민국'을 백번도 넘게 외쳐 댔다. 우리 반에서만 그러는 게 아닌가 보았다. 이 반 저 반에서 '대한민국'을 연호하는 소리가 들려왔다. 학교가 박수 소리에 뒤흔들렸다.

선생이 "이것으로 종례 끝. 가자! 가서 우리 대한민국 국민의 힘을 보여 주자!"라고 말하자, 아이들은 무서운 속도로 달려 나갔다.

나는 일어서서 창문 밖을 보았다. 각 교실에서 쏟아져 나온 붉은 옷들이 모이고 모여 붉은 물결을 이루었다. 이학년 선배들은 물론이고, 놀랍게도 삼학년 선배들마저 쏟아져 나왔다. 수능이 얼마 남았다고 저 사람들이 저러나.

나중에 안 일이지만 삼학년 선생들은, 학생이 정신이 딴 데 팔려서 건성으로 공부하는 것보다, 광장으로 가서 스트레스 확 풀어 버리고, 맑은 정신으로 돌아와 힘내 공부하는 게 훨씬 나을 수 있다고, 기꺼이 내보내 주었다고 한다.

그렇다. 우리 학교 학생들이 만들어 낸 붉은 물결은 광장으로 달려가, 이미 형성되어 있을 거대한 붉은 바다에 합류할 것이었다.

담임이 말했다.

"뭐야? 너희들은 안 가?"

나는 그제야 나 말고도 또 어떤 학생이 교실을 나가지 않았음을 알았다. 뒤쪽을 돌아보니 가희였다. 우리 반에서 가장 열심히 공부하는 아이.

벗들의 평을 빌리자면 '타고난 돌대가리도 죽어라고 공부하면 반에서 30등은 한다는 걸 보여 주기 위해서 태어난 소녀'였다. 가희는 죽어라고 공부만 하는 아이였다. 화장실 갈 때와 밥 먹으러 갈 때, 체육복 갈아입으러 갈 때 빼고는 책상에서 종일 꼼짝하지 않았다. 가희는 졸지도 않았다. 그래서 우리는 가희가 전교 1등으로 들어온 애인 줄 알았다.

가희는 나처럼 교복 차림 그대로였다. 가희는 무슨 문제를 풀다가, 고개를 들고선 담임의 말을 이해 못하겠다는 듯 멀뚱히 쳐다보았다.

나도 가희도 대답을 하지 않았다.

담임이 다시 물었다.

"너희들은 안 나가냐니까?"

가희가 되물었다.

"어디로요?"

"어디라니? 광장이지."

"전 그냥 공부할래요."

"공부도 좋지만 이런 때는 더불어 신나게 노는 거야. 일심

동체가 돼 보는 거지. 그게 진짜 공부야. 이런 기회가 다시 오지 않는다. 다시는 우리나라에서 월드컵이 열리지 않아! 가희야, 그러지 말고 선생님이랑 같이 나가자."

"선생님, 전 공부하고 싶어요!"

"음, 그래……. 학생이 공부해야지."

"그럼 전 공부할게요."

가희는 다시 무슨 문제를 풀기 시작했다. 아이들이 붉은 옷으로 갈아입으며 도떼기시장을 방불케 하는 동안에도, 선생과 아이들의 '대한민국'을 연호하는 시끄러운 종례를 하는 동안에도, 가희는 문제 풀이에 몰두했던 모양이다.

담임의 인형처럼 밝던 얼굴이 일그러졌다. 담임은 뭔가 소리치려다가 꾹 눌러 참는 모양이었다. 혹시 이 말을 하려고 했던 것은 아닐까. 공부가 인생의 전부냐? 그리고 너 같은 돌대가리는 공부해 봤자 거기서 거기잖아.

담임이 나에게 물었다.

"넌 안 가니? 너도 교복 차림이네."

"예, 저는 광장공포증이 좀 있어 가지고, 제가 좀, 사람 많은 데를 못 가는 경향이 있습니다. 그래서, 광장에 갔다가 기절이라도 할까 봐 겁나서 말이지요……."

담임은 내 말을 다 듣지도 않고 나가 버렸다. 우리 둘이 같이 들으라고 하는 것임이 분명한 말을 남겨 놓고.

"애국심도 없는 것들!"

애국심이 없는 나는 문예공모에 투고할 시를 다듬었다.

나는 시를 못 쓰는 게 틀림없다. 중2 때부터 청소년 문학 잡지와 신문사, 대학교, 문학단체 등이 주최하는 문예공모에 줄기차게 투고했다. 그간에 날린 우편료를 계산해 보면 좋은 휴대폰 하나 사고도 남을 거였다. 대충 꼽아 봐도 서른 몇 군데에 보냈으니까.

그런데 단 한 번도 상을 받아 본 적이 없다. 장관상, 교육 장상, 금상, 으뜸상, 버금상, 은상, 동상, 장려상, 격려상……. 상은 참 많고 많지만, 그 어느 것도 받아 본 적이 없었다.

딱 한 번 '상'은 아니고 입선을 한 적이 있었다. 중3 가을에 지방에 있는 대학교가 주최한 공모였는데, 중학생부 투고작이 열 편도 안 되었다. 5, 6, 7등이 입선이었다. 그게 나의 최고 성적이었다. 하지만 그 한 번이 나한테 희망을 갖게 했다.

처음엔 친구들이 하기에 나도 투고해 본 것이었다. 그런데 수도 없이 떨어지는 사이에 오기가 생겼다. 나도 한번 상을 타 보고야 말겠다는.

한 시간 정도 시 속에 빠져 있다가 중대한 사실을 깨우쳤다. 내가 태어나서 여자랑 단둘이 있는 것이 최초라는 것을. 나는 그 여자를 돌아보았다. 하마터면 숨이 막힐 뻔했다. 그 여자도, 그러니까 가희도 나를 바라보고 있지 않은가. 나는 놀라서 얼른 앞을 보았다.

그리고 또 얼마의 시간이 흘렀다. 그 시간 동안 나는 괜히 가슴이 팡팡 뛰었다. 여자랑 단둘이 있다는 사실만으로도 가슴이 이토록 다듬이질을 하다니. 정말 놀라운 체험인걸.

가희가 움직이는 소리가 났다. 돌아볼까? 가방을 챙기는 모양이었다. 돌아볼까? 가희의 말이 들려왔다.

"탄수야, 학원 안 가냐?"

가희가 나에게 말을 건 것이다.

나는 벌떡 일어나 가희를 돌아보고 힘겹게 말했다.

"우리, 우리 학원은, 쉬기로, 쉬기로 했는데. 응원한다고."

나는 남자만 다니는 중학교를 다니다가, 남자만 다니는 고등학교에 간 동창 녀석들의 부러움을 한 몸에 받으며, 남녀 공학에 남녀합반인 신설학교를 벌써 석 달도 넘게 다녔지만, 아직 같은 반 여자 그 누구와도 말 한마디를 제대로 나눠 본 적이 없는 놈이었다.

감히 여자애들에게 말을 걸 수가 없었다. 남자애들한테는 그렇게도 잘 나오는 말이, 여자를 쳐다보기만 해도 자라목처럼 쑥 들어가 버리곤 했던 거다.

그러니까 이것이 여자랑 최초로 나눈 말이었다.

가희가 한 손을 들어올리더니 제 마빡을 때렸다.

"맞아, 우리 학원도 쉰다고 그랬지. 씨이, 그까짓 축구가 뭐라고 학원까지 쉬고 그래. 안 그러니? 탄수야."

"그러게 말이야."

"우리 도서관 가서 공부할까?"

"그럴까."

우리는 나란히 걸었다. 가희는 공부에 미친 애답게 미니 영어사전을 보면서 걸었다. 걸으면서도 공부를 할 수 있는 이 놀라운 능력. 하지만 그 능력보다 더 놀라운 것은, 그렇게 공부하는데도 반에서 30등밖에 못한다는 것일 테다. 가희가 공부하는 것의 반의 반도 안 하는 나에게도 못 미치는 성적이었다.

가희는 중학교 때도 그랬다고 한다. 가희와 같은 중학교 나온 벗들의 말을 들어 보면, 가희는 하루에 다섯 시간밖에 안 자고 오로지 공부만 하는 애였다는 것이다. 그러나 성적은 반에서 20등 대를 겨우 유지하는 정도였다.

벗들은 이렇게 정리했다.

"가희는 정말 돌대가리야. 불쌍해."

그런데 그 많던 차가 다 어디로 간 것일까. 차뿐만 아니라 사람도 보이지 않았다. 거리는 완벽하게 고요했다.

가희가 말했다.

"이것 좀 으스스한걸. 유령도시에 온 것 같아."

"축구가 곧 시작될 거거든."

"그래, 그놈의 축구 때문이지. 그런데 넌 정말로 광장공포증 때문에 광장에 안 간 거야? 넌 축구 안 보러 가냐고."

"보러 갈 거야. 집에서 혼자 볼 거야. 난 혼자 보는 게 좋아."

"집에 아무도 안 계셔?"

"아빠는 회사 사람들이랑 볼 테고, 엄마는 찜질방에서 볼 테고."

"그럼 도서관에 갈 수 없겠네. ……그래도 미안하지만 도서관까지 같이 가 주면 안 돼? 거리에 아무도 없으니까 좀……."

사내대장부인 나도 으스스한데, 여인네는 얼마나 으스스할 것인가. 나는 기꺼이 가희와 동행해 주기로 했다.

가희가 영어사전을 가방에 집어넣었다. 나는 묻지 않을 수 없었다.

"왜 공부를 그만둬?"

"무서워서 글자가 눈에 안 들어와."

우리는 도서관 근처에서 입을 크게 벌렸다. 도서관도 붉은 바다가 되어 있었다. 도서관 현관에 대형 티브이가 설치되어 있었고, 붉은 옷을 입은 남녀노소가 빽빽하게 둘러앉아 '대한민국'을 외치며 짝짝짝 하고 있었다. 우리는 어리벙벙하게 있는 사이, 붉은 옷에 둘러싸이고 말았다. 사방의 골목에서

꾸역꾸역 붉은 행렬이 몰려나와 도서관의 붉은 물결에 합류하며, 우리를 삼켜 버렸던 것이다.

'대한민국'을 외치는 소리가 나를 미칠 것 같게 만들었다. 내 목구멍에서 조그만 티끌이 점점 커지더니 덩어리가 되었다. 나는 구역질을 했다. 하지만 그 덩어리는 나오지 않았다.

가희가 등을 두드려 주었다.

"뭐니, 왜 그래?"

나는 붉은 옷을 입은 사람들을 헤집고 내달렸다. 아무것도 들리지도 보이지도 않았다. 오로지 이 붉은 바다에서 도망쳐야 한다는 생각뿐이었다. 한순간 검은 덩어리가 목구멍에서 빠져나갔다. 검은 덩어리는 입 밖으로 나와 산산이 흩어졌다. 나는 털썩 주저앉아 숨을 헐떡거렸다.

누군가의 얼굴이 보였다. 가희였다.

"왜 그러냐니까. 아픈 거야?"

가희도 몹시 뛰었는지 그 고운 얼굴에 땀이 주르륵 흘러내렸다.

텅 빈 거리의 가로수 밑이었다. 나는 가까스로 진정하고 말했다.

"미안해. 약한 모습 보여서. 내가 병이 좀 있어. 막 소리쳐 대고 그러는 사람들 사이에 있으면 구역질이 막 나와. 난 운동회 때도 양호실에 실려 가고 그랬어."

"그게 말이 돼?"

"몰라. 하지만 정말로 그래. 엄마 아빠가 나를 야구장에서 잃어버린 적이 있대. 삼만 관중이 들어찬 날, 그때 내가 여섯 살 때였다는데, 사람들 사이에서 울고불고 그랬겠지. 그런데 사람들은 야구 보면서 소리치느라고 아무도 나를 안 챙겨 줬대. 그래서 그 경기가 끝날 때까지, 난 사람들 속에서 헤맸다는 거야. 엄마 말로는 내가 그때 받은 충격 때문에 군중 속에 있으면 정신을 못 차리는 것 같다고 하는데, 모르겠어. 정신 과 의사도 잘 모르겠대."

그런데 여자 앞에서 말이 술술 잘 나오잖아? 역시 여자에 게 말을 해 보지 않아서, 여자 앞에서는 말이 안 나올 거라고 지레 겁먹었던 거야.

가희가 나를 측은하다는 듯이 쳐다보았다.

"정말 불쌍한 병이구나. 그럼 넌 군대도 못 가겠네?"

나는 인정하지 않을 수 없었다.

"아마, 그럴 거야."

우리는 간이 버스정류장으로 갔다. 평소 앉아 볼 엄두도 못 내던 네 개의 의자가 우리의 독차지가 되었다. 버스가 오지 않았다. 내가 탈 50번 버스도, 가희가 탈 20번 버스도.

내가 말했다.

"가희야, 우리가 탈 버스만 오지 않는 게 아닌 것 같아. 봐

봐, 우리가 기다린 지 이십 분이 되어 가는데, 버스가 하나도 안 지나갔어."

"그랬니?"

가희는 앞을 보고 있지 않았다. 무릎에 영어사전을 펼쳐 놓고 있었다.

"다시 공부하네. 이제 안 무서워?"

"무섭기는 한데, 버릇이 돼서. 하지만 글자가 눈에 들어오지는 않아. 그냥 보고 있는 거야."

"넌 공부가 재밌니?"

"그럼, 그러니까 하지."

"넌 그렇게 공부하는데도 발전이 없는 게 억울하지 않니?"

"그게 무슨 소리야?"

"난 정말 시를 열심히 쓰거든. 그런데 발전이 없어. 억울해서 미칠 것 같을 때가 많아. 난 재능이 없는 게 분명해. 돌대가리라고! 당선작 발표를 보면 그런 애들이 있어. 상을 밥 줍듯이 타는 애들. 김정화라는 애는 내가 본 것만으로도 금상 여섯 번, 은상 열두 번을 타 먹었어. 문화부장관상도 두 번이나 받았고. 걔가 나만큼 노력을 했을까?"

"무슨 말인지 모르겠는걸."

"그러니까 내 말은, 넌 그렇게 열심히 공부하는데도 성적이 안 오르잖아. 억울할 것 아냐. 억울하지 않아?"

갑자기 주위의 건물들이 부르르 떨었다. 엄청난 함성 소리와 함께. 가희가 잔뜩 겁을 먹은 얼굴로 나를 쳐다보았다.

"별것 아니야. 아마 우리나라가 골을 넣었을 거야."

"정말?"

"저번에 폴란드전, 미국전 때 아파트에서 혼자 봤는데, 골넣는 순간에 말이야, 갑자기 아파트가 뒤흔들리면서 무너질듯하더라고. 지진 나서 아파트 단지가 통째로 가라앉는 줄알았어."

"그랬구나. 아, 참, 너 축구 못 봐서 어떡하니? 나 때문에 못 봤구나. 괜히 도서관 가자고 하는 바람에. 나 때문에……."

"너 때문이 아니야. 버스가 안 오기 때문이야. 택시도 안오고. 집에 갈 방법이 없어. 축구가 끝나기 전에는 못 갈 거야."

그런데 내가 갑자기 미친 모양이었다. 가희 입술에 뽀뽀를 해 버린 거였다. 하도 순간적으로 당한 일이어서 그런지, 가희는 자기의 입술에 방금 무슨 일이 일어났는지 모르는 것처럼 멍한 얼굴이었다. 내가 방금 무슨 일을 저지른 건지 나도 알 수 없기는 마찬가지였다.

나는 수치스럽고 미안하고 여러 가지 복잡한 마음 때문에 견딜 수가 없어서 시선을 땅바닥에 박았다. 가희의 칼날 같은 시선이 목을 간지럼 태우는 것 같았다. 나는 땅바닥에 혹시 금 쪼가리라도 떨어져 있는지 열심히 찾아보았다. 사방은 어둑어둑했지만 도시는 밝았으니 금 쪼가리가 있기만 하다면 분명히 찾을 수 있을 것 같았다.

"어라, 여기도 축구를 안 보는 인간들이 있었네. 반갑습니다, 반갑습니다!"

역사 선생이었다. 나와 가희는 일어서서 고개를 숙였다.

선생은 술을 좀 마셨나 보았다.

"야, 너희들은 왜 축구를 안 보고 있는 거야, 응? 너희들은 대한민국 국민 아냐? 여기서 대체 뭐 하고 있는 거야. 연애라도 하고 있어?"

가희가 영어사전을 흔들며 급히 대답했다.

"전 공부하고 있었는데요."

"공부? 그래, 공부 좋지. 공부를 제대로 해야 돼. 공부를 제대로 안 하니까, 아무것도 아닌 축구에 저따위로 집단 몰입해서, 광기에 휩싸일 수 있는 거야. 파쇼, 파쇼의 전주곡이란 말이야."

"선생님, 파쇼가 무슨 뜻인가요? 스펠링이 어떻게 되죠?"

가희가 받아 적을 준비를 하며 물었다. 수업 시간에도 가희는 이런 느닷없는 질문을 잘했다. 자기가 모르는 단어가 나오면 시와 때를 가리지 않고 질문하는 거였다. 저번에 수학 시간에 얼차려를 받는데, 선생이 훈계 중에 이런 말을 했다.

"느자구 없는 놈들아, 학원에서 공부하고 학교에는 잠자러 왔냐?"

이때 책상 위에 무릎 꿇고 앉아 두 팔을 하늘을 향해 높이 들고 있던 가희가 질문했다.

"선생님, 느자구가 무슨 뜻입니까? 영어입니까? 영어라면 스펠링이 어떻게 되지요?"

수학 선생은 멍하더니 한바탕 웃었다. "너 같은 애를 느자구 없다고 하지!"라고 대답해 놓고는 뭐가 우스운지 또 한참을 웃어 댔다.

역사 선생이 말했다.

"파쇼, 파쇼가 뭐냐면, 떼거지로 미쳐 날뛰는 거야. 스펠링은, 나도 모르겠다."

그런데 내 입이 미쳤나 보다. 내가 따지듯 말했던 것이다.

"선생님, 파쇼라는 것은 지나친 말씀인 것 같습니다. 저건 축제지요. 우리나라 국민들은 상처와 수난의 역사를 살아왔습니다. 하지만 국가의 위기 때마다 전 국민이 떨쳐 일어나서, 선생님이 더 잘 아시겠지만, 4·19혁명 때도 그랬고, 광주 때도 그랬고, 87년에도 그랬고, 그랬잖습니까? 그거와 같지요. 다만 지금 월드컵은 잔치지요. 모두가 한마음 한뜻으로 잔치에 나선 겁니다. 축제를 벌이는 거지요."

"이 새끼 봐라, 텔레비전 말씀을 외우고 다니네."

"아닙니다, 신문을 본 거예요."

"텔레비전이나 신문이나 지금은 다 똑같은 말만 하잖아. 월드컵 용비어천가 말고 언론에 지금 무슨 말이 있어? 다 똑같은 소리지. 모든 사람의 생각을 다 똑같이 만드는 게 파쇼가 아니고 뭐야? 그런데 내가 왜 너 같은 고삐리한테 흥분하지. 미치겠군, 미치겠어. 야, 인마, 그럼 너는 왜 축제에 안 갔어? 가서 한마음 한뜻이 되지 않구?"

"저는 광장공포증 때문에."

"빌어먹을, 그건 그렇고 여기도 택시가 안 오네?"

"예, 한 대도 못 봤어요."

"이런 젠장할, 미치겠군. 어디까지 가야 택시를 잡을 수 있단 말인가. 이놈의 축구, 대체 언제 끝나는 거야. 난 월드컵이 정말 싫어……."

역사 선생은 주저리주저리 읊으며 저쪽으로 걸어갔다.

우리는 도로 앉았다.

가희가 말했다.

"난 공부가 정말 좋아. 공부가 재미있어. 모르는 단어 하나 새로 알 때마다 기쁨을 느껴. 물론 내가 잘 까먹는 거 알아. 생각해 보니. 파쇼라는 단어도 언젠가 공부했던 것 같아. 또 까먹은 거지. 그래도 괜찮아. 새로 외우면 되니까. 그게 더 좋지 않아? 만약에 한 번으로 다 이해하고 암기까지 되고 절대로 안 까먹는다고 해 봐. 그럼 나중에는 모르는 게 없을 것 아냐? 모르는 게 없으면 새로 알 게 없잖아. 그렇게 되면 무슨 재미로 살지? 알 게 없는데. 그럼 된 거 아냐? 성적이 무슨 상관인 거지? 등수하고 공부는 아무 상관이 없는 거 아니냐고."

"누가 뭐랬냐."

"아니, 난 네가 아까 억울하지 않냐고 해서."

"나도 시를, 너처럼 하해와 같은 마음으로 쓰면 하나도 안 억울할 텐데. 하지만 너처럼 하해와 같을 수 있는 건 기적이지. 우리나라가 16강 올라가는 것 같은."

"그런데 하해가 무슨 뜻이니? 기억이 가물가물한 단어야. 내가 정말 머리가 나쁘긴 나빠."

가희가 너무 예뻐 보였다. 비로소 나는 왜 아까 치한처럼 가희의 입술에다 뽀뽀를 했는지 깨달았다. 가희가 너무 예뻐 보여서, 그 예쁜 꽃봉오리를 손끝으로 살짝 건드려 보고픈 마음, 그런 마음이었을 테다.

다시 한 번 입술을 훔쳐도 괜찮을까? 까짓것 한 번을 했는데, 두 번을 못할 게 뭐야.

갑자기 차량과 사람들이 노도처럼 밀려왔다. 한꺼번에 사라졌던 사람들이 한꺼번에 돌아오는 듯했다. 버스들도 왔는데, 어떤 버스의 지붕에서는 붉은 옷을 입은 청춘 여남은 명이 태극기를 흔들어 댔다. 오토바이 오십여 대가 특유의 정신없는 소리를 흩뿌리면서 지나갔다. 유령의 밤거리가 인간과 차량의 거리로 한순간 탈바꿈해 있었다.

나는 너무 무서웠다. 구역질이 치밀어올랐다. 무서워서, 무서워서 누군가의 품에 안기고 싶어졌다. 나는 가희를 껴안고 말았다.

정확히 말하면 안겼다. 이제야 말이지만 가희가 나보다 10센티미터나 컸다. 가슴도 나보다 넓었다. 가희 품에 안겨 있자, 엄마 품에 안겨 있는 것 같았다. 엄마가 날 마지막으로 껴안아준 게 언제던가.

가희가 내 등을 토닥토닥 두드려 주었다. 그러면서 가희는 자꾸만 뇌었다.

"공부를 하면 아무것도 안 무서워. 공부를 해, 공부를!"

가만히 들어 보니 나한테 하는 소리만은 아닌 듯했다.

문득 시가 쓰고 싶어졌다. 상을 받기 위한 시가 아니라, 상 같은 것과 상관 없이, 쓰는 것 자체로 재미있는 시를.

헤어지자, 우리

　자유는 '21세기형 자연 미인'을 자부했다. 칼 하나도 안 댄 미모만 가지고는 21세기형 자연 미인을 자부할 수 없다. 지성을 갖추어야 한다. 예체능 능력도 수준급이어야 한다. 자유는 한 미모, 한 지성, 한 예체능 했던 것이다.

　자만이 아니다. 가족들, 선생님들, 친구들, 그 모두가 "자유, 너는 팔방미인이야. 어쩜 못하는 게 하나도 없니? 나쁜 년!" 하면서, 치켜세워 주었던 것이다.

　때문에 자유는 자기한테 사귀자고 덤비는 남자가 없다는 것이 무척 의아했다. 못생기고 공부도 못하며 예체능 능력도 형편없는 친구들은 수도 없이 해 본 연애를, 팔방미인이 한 번도 못해 봤다는 게 말이 되냔 말이다.

애송이 시절에는 좀 해 봤다. 하지만 유치찬란의 파노라마였던 초등학교 시절의 사귐을 어찌 '연애'라 할 것인가. 중학교 생활 이 년 반 동안만 가지고 말하자면, 연애 구경만 실컷 했지, 남자애 손 한번 못 잡아 봤던 것이다.

남자 냄새도 못 맡은 건 아니다. 이러저러하게 다가왔던 남자애들이 열댓 명은 되었다. 그러나 그 형편없는 남자애들은 집적거리기만 했다. 사귀자는 말 한마디 못 건네고는 멀어져 갔다. 성문학원의 석영이, 미술학원의 문열이, 태권도 도장의 훈 오빠, 총학생회장 문구, 축구부 인호 오빠…….

멍텅구리 녀석들. 못 먹는 감 찔러나 본다는 속담도 안 들어봤나. 자유는, 생긴 것만 멀쩡하지 외로운 중학생이라, 고마워서라도 그래 우리 한번 사귀어 보자, 라고 대답할 준비가 돼 있었건만, 남자애들은 결정적으로 찌르지를 않았던 것이다.

친구들은 말했다.

"넌 너무 도도해 보여. 그래서 남자애들이 겁을 내는 거야."

"원래 남자애들은 미인을 두려워한대."

"네 싸가지가 보통 싸가지냐. 넌 우리 빼고는 여자 친구도 없잖아. 너처럼 싸가지 없는 년한테 어떻게 남자가 붙을 수 있냐."

"기집애, 그렇게 궁하면 네가 먼저 잡아채면 되잖아. 자존심? 자존심 열심히 따지세요. 노처녀의 8할이 자존심녀랍니다."

"네가 덜렁이라 그래. 선생님들이 너한테 팔방미인이라고 하니까 그게 칭찬인 줄 알지? 내가 보기엔 그거 칭찬 아냐. 네가 이것저것 다 잘하기는 하지만 어느 것 하나, 아주 잘하는 건 없잖아? 가슴에 손을 얹고 말해 봐? 너 다 10등 안에는 들지만, 1등 하는 건 없잖아? 팔방미인은 그런 애들을 비웃는 말이기도 하대. 자, 그럼 따져 봐. 넌 왜 팔방 최고가 아니라 팔방미인밖에 못 되는 걸까? 덜렁거려서 그래. 덜렁거리니까 1등이 안 돼잖아. 덜렁이를 누가 좋아하겠니?"

"뭐, 너한테 성적 매력이 없나 보지."

이따위로 말하는 것들을 친구라고 사귀니, 아직도 연애를 못하는 건지도 몰랐다. 하지만 친구들의 말을 적극 참조해, 자존심도 버리고, 싸가지도 버리고, 미모도 내세우지 않고, 덜렁거리는 성격도 고치려고 노력했다. 오지 않는 남자를 기다릴 게 아니라, 가서 남자를 사냥하자는 각오를 했다.

그런데 각오를 하고 찾아봐도, 괜찮은 남자애가 안 보이는 거였다. 각오를 하고 찾았기 때문에 더 안 뵈는 건지도 몰랐다. 각오하기 전에는 좀 괜찮다 싶던 남자애들도, 각오를 하고 봤더니 영 개판으로 뵈는 거였다.

연애 전문가 친구들 말로는 완벽하게 마음에 드는 남자를 보면 '뽕 가 버리는 현상'이 온다고 했는데, 그 뽕 가 버리게 하는 남자애를 만날 수가 없는 거였다.

그러나 꿈은 이루어진다고 했던가, 자유는 드디어 한 남자애를 보고 뽕 가 버렸다. 눈이 번쩍 떠지더니, 심장이 튀어나올 듯 벌떡댔고, 당장 달려가서 그의 입술을 깨물어 주고 싶은 거였다.

그 남자애, 홍규를 만난 건 서울에서였다. 이 좁아터진 시골 고장에서도 못 만난 애를 어떻게 서울에서 만나게 되었는가. 자유는 서울 모 대학교에서 주최한 백일장에 참가했던 것이다. 자유가 충청권을 넘어 서울권 백일장에 출전한 것은 처음이었다. 자유를 비롯한 혼주여중 참가자 열 명은 5월의 햇빛을 받아 가며 글을 대충 써서 제출하고, 대학교 교정을 토끼처럼 뛰어다녔다. 사실 놀러 갔던 거였다.

대충 썼으면 당연히 떨어졌을 것으로 알아야 할 텐데, 혹시나 하는 기대감으로 심사 발표에 귀기울였다. 혼주여중생들의 귀를 대포로 뚫어 주는 것 같은 호명이 들려왔다.

"중등부 산문 은상 청라중 삼학년 이홍규!"

혼주여중생들은 마치 자기가 호명이라도 받은 듯, "끼약!" 소리를 질러 대며 환호했다. 촌년들이 왜 그리 남의 일에 기뻐했을까. 애향심 때문이었을 것이다. 그녀들은 자기들은 다 떨어졌지만, 혼주여중에서 불과 3킬로미터 떨어진 같은 고장의 학교에 다니는 남자애가 입상, 동상도 아니고 은상을 받았다는 사실에 기쁨의 경악을 금치 못했던 것이다.

혼주여중생들은 홍규를 기다렸다. 홍규가 다른 수상자들과 함께 기념사진 촬영을 끝내고 나올 때까지 초조하게 기다렸다. 자기들이 왜 생전 보지도 못한 애를 기다리는지 그 이유를 스스로 몰랐기에, 막상 홍규가 나왔을 때 그녀들은 멍했다. 홍규는 상패와 도서상품권 이십만 원어치가 들어 있을 가방을 메고 당당하게 지나쳐 갔다.

그런데 홍규가 무슨 느낌을 받았는지 고개를 휙 돌렸다. 그 순간, 자유는 숨이 멎는 것 같았다. 홍규의 시선은 그녀들 중 하필이면 자유의 시선과 충돌했다. 홍규는 아무 일도 없었다는 듯이 다시금 고개를 돌리고 걸어갔다.

그러나 자유는 엄청난 일을 겪은 것처럼 황홀한 얼굴로 얼어붙었다. 친구 하나가 자유가 제정신이 아님을 알아보고 "야, 이년아 왜 그래?" 하며 어깨를 툭 치자, 자유는 주저앉으며 말했다.

"나, 뽕 갔어. 저 새끼한테."

자유는 손가락을 들어 멀어져 가는 홍규의 등을 가리켰다. 친구들은 어리둥절하다가 막 웃어 댔다. 자유는 벌떡 일어나 소리쳤다.

"당장 사귀자고 말할 거야."

그러고는 홍규를 향해 달려갔다. 홍규를 금방 따라잡을 수 있었지만, 붙잡아 세우지는 못했다. 열 걸음 정도를 유지하고 따라갈 뿐이었다. 친구들이 어서 가서 붙잡고 아무 말이나 해 보라고 쏘삭댔지만, 그러지 못했다.

자유네 패거리는 홍규를 졸졸 따라갔다. 홍규가 지하철을 타자 그녀들도 지하철을 탔고, 홍규가 용산역에서 내리자 그녀들도 용산역에서 내렸다. 사실 그 백일장에 참가했던 많은 학생들—전국 방방곡곡에서 기차를 타고 올라왔던—이 용산역까지 동행했다.

홍규가 장항선 열차를 타자, 자유네 패거리도 장항선 열차를 탔다. 열차에서 결국 홍규와 여자애들은 갈라지게 되었다. 홍규는 4호차에 탔는데, 여자애들은 7호차였던 것이다. 장항선 열차는 한 시간에 한 대밖에 없었으므로, 백일장 시상식을 감안해서 미리 끊어 둔 기차표 시각이 일치하는 것은 필연이라 할 수 있었지만, 호차가 같은 우연의 일치는 일어나지 않았던 것이다.

여자애들은 자유를 4호차로 보내기 위해 난리법석을 떨었다. 가서 사귀자고 말하든, 도서상품권을 몇 장 빼앗아 오든 하라는 거였다. 도저히 참지 못하겠는지, 할아버지 한 분이 호통을 쳤다.

"학생들, 좀 조용히 못해! 여기가 학교야?"

친구들은 소리를 약간 낮추고 계속해서 자유를 괴롭혔다.

자유는 드디어 일어섰다. 그래, 간다, 가. 가서 제대로 한번 얼굴이나 보자. 말도 해 보자. 정말로 괜찮은 놈이다 싶으면 뜸 들일게 뭐 있어. 자존심 따위는 집어던진 다음, 화끈하게 사귀자고 말해 버리자.

자유는 어렵지 않게 홍규를 찾아낼 수 있었다. 한순간에 심장 속으로 들어와 버린 남자의 얼굴을, 어찌 금세 까먹을 수 있으랴.

홍규는 마침 통로 쪽에 앉아 있었다. 자유는 홍규의 얼굴을 빤히 바라보았다. 잘생겼다. 지적으로 생겼다. 체육 수준은 모르겠지만 예술적 수준은 백일장 은상 수상으로 이미 증명되었다.

홍규가 물었다.

"왜 그러세요? 이거 제 자리인데요."

이거 제 자리인데요? 이거, 멍청이 아냐.

"새마을호는 입석 없어."

아니 이게 무슨 말이야? 왜 이런 어처구니없는 말을 하는 거야. 자유는 제 입을 틀어막고 싶었다.

"에, 그게 무슨 말이죠?"

"내 말은 다 자리가 있다는 거지, 새마을호에는."

"그래……서요?"

"잠깐 얘기 좀 하자."

그래, 잘했어. 사람들이 다 쳐다보잖아. 여기서는 아무 말도 못해. 일단 데리고 나가야 해. 따라 나오면 일단 되는 거고. 안 따라 나오면, 안 따라 나오면 어떻게 하지? 다시 가서 말해야 되나? 다행히도 홍규는 따라 나왔다. 얼떨떨하고 약간 겁먹은 얼굴로. 저거, 왠지 되게 숙맥인 것 같은데 내가 잘못 봤나? 얘기해 보면 알겠지.

화장실 딸린 넓은 통로에는 아무도 없었다. 새마을호 타기를 얼마나 잘했어. 오늘은 토요일, 무궁화 열차를 탔으면 미어터졌을 거야.

자유는 일단 자기소개를 했다.

"그랬구나. 혼주여중 애들이었구나. 나는 어떤 애들이 계속 쫓아오는데 무섭게 생긴 게, 조폭여자들인 줄 알았어. 내 가방 뺏어 갈라고 그러는 줄 알고, 되게 쫄았네."

홍규는 얼굴이 활짝 펴졌다.

"뭐, 우리가 조폭이라고?"

"아니, 그게 아니고, 미안, 미안. 난 그냥 겁나서. 그런데 너희들은 단체로 왔네. 난 혼자 왔어. 그래, 내가 너희들한테 한턱 쏠까? 이것도 인연인데. 나, 상 타서 너무 기분 좋거든."

말하는 게 뭐 이래? 확실히 덜떨어졌는데.

자유는 본격적으로 질문을 시작했다. 가족 사항과 가정 형

편은 어떻게 되는지, 교우 관계는 원만한지, 성적은 어느 정도인지, 글쓰기 말고 또 잘하는 예능이 있는지, 스포츠는 좀 하는지, 어느 학원에 다니는지 등등. 사실 무슨 말을 해야 할지는 모르겠고, 어떤 놈인지는 정확히 알아야겠고, 무작정 질문을 해댄 것이었다.

홍규는 "그런 걸 왜 묻는지 모르겠지만."이라는 말을 자주 사용하면서도, 세세하게 대답해 주었다. 자유가 질문만 한 것은 아니었다. 홍규가 한 질문에 답을 하면, 자기도 그 질문에 해당하는 답을 들려주었다.

홍규가 "그런 걸 왜 묻는지 모르겠지만, 난 글쓰기 말고는 할 줄 아는 예능이 없어. 노래도 못하고, 그림도 못 그려. 난 음악, 미술 시간이 지옥 같아. 콩나물 대가리만 봐도 토하는 사람들 있잖아? 내가 그래!"라고 답하면, 자유는 "난 너와는 달리, 음악, 미술 시간이 매우 즐거워. 피아노는 기본이고, 클라리넷도 불 줄 알아. 특히 클라리넷은 초등학교 때 무슨 콩쿠르에 나가서 동상 받은 적도 있어. 하지만 대단한 재능은 아닌 것 같아서 그만뒀어. 그림은 내가 아주 자신 있지. 특히 동양화 전문인데 우리 학교 사생대회는 내가 휩쓸어. 하지만 난 만화에 관심이 더 많아. 수업 시간에 만화 그리기가 취미야!" 하는 식으로.

친구들이 자유가 잘하나 살피러 나왔다가, 통로를 독차지

하고 너무나도 잘하고 있는 걸 보고는, 꺅꺅대며 다시 들어
갔다.

오랜 대화가 끝이 난 것은, 기차가 곧 혼주역에 도착한다
는 방송이 있은 후였다. 자유는 말했다.

"됐어, 이제 결론을 내리자. 너, 나랑 연애해. 지금 이 순간
부터!"

홍규는 좀 황당한 모양이었다.

"사귀자고? 너 같은 팔방미인이 왜 나처럼 한심한 애랑 사
귀려고 하지? 내가 잘못 들은 게 아니라면, 아무래도 지금
넌 정상이 아닌 것 같아. 어떤 현상에 의해 우발적으로 촉발
된 대뇌피질의 순간적인 착시 현상이기 쉽단 말이지. 진정하
고, 지금 너의 심리를 이성적으로 판단해 봐."

만약 딴 놈이 이따위로 말했다면 '어린것이 말 더럽게 재
수 없게 하네'라고 생각했을 것이다. 그러나 홍규의 말이었
기 때문에 지성이 뚝뚝 떨어지지는 소리로 들렸다.

"까불지 말고, 사귀는 거지? 오케이?"

이렇게 말하면서 자유는 홍규를 확 껴안아 버렸다.

그날로부터 한 달이 후닥닥 흘러갔다.

홍규가 심각한 얼굴로 말했다.

"자유야, 내 말 오해하지 말고 들어. 난 지난 한 달 동안 너

무 행복했어. 물론 너 때문이지. 학교에서 종일 네 생각만 했어. 생각하는 것만으로도 사람이 그토록 즐거울 수 있다는 것을 깨닫게 되었어. 학교가 끝나면 전속력으로 달려가서 너를 만났어. 우리는 주로 도서관에서 만났잖아. 하지만 공부할 때보다는 도서관 앞 하천변 벤치에 앉아서 얘기할 때가 많았어. 함께 도서관 식당에서 저녁밥을 먹은 다음에는, 학원으로 갔어. 우리는 학원에서 계속 붙어 앉아서 공부했어. 애들이 놀리거나 말거나. 너는 원래 눈치 안 보고 사는 애지만, 난 눈치 많이 보는 애였는데 너 만난 뒤로는 얼굴에 철판 깔고 살게 됐어. 그리고 집에 가서는 전화로 또 많은 얘기를 했어. 전화를 끊고 나서는 메신저로 또 많은 얘기를 했어. 새벽 다섯 시까지 메신저를 한 적도 열 번은 될 거야. 주말에는 아침부터 밤까지 붙어 있었어. 도서관에서 공부도 했고, 바다도 보러 갔고, 옥마산도 올라갔고, 계곡에도 갔고, 갯벌에 조개 잡으러 가기도 했어. 너무 즐거웠어. 가족모임 때문에 만나지 못한 주말엔 휴대폰이 불났어. 우리가 저번 주말에 주고받은 문자메시지가 343통인거 알아? 너무 행복했어."

"나도 너무 행복했어. 우리는 둘이 아니었어. 하나였어. 그런데 행복하다는 표정이 왜 그래? 행복한 표정이 아닌데?"

"행복한데, 이렇게 행복해도 되는 걸까?"

"무슨 소리야?"

"난 운동도 못하고 공부도 못하고 오로지 잘하는 거 하나가 독서였거든. 아무 책이나 닥치는 대로 읽는 게 내 유일한 기쁨이었어. 그런데 너랑 사귄 뒤로는 책을 한 권도 못 읽었어."

"뭔 말을 하자는 거야? 내가 책만도 못하다는 거야?"

"너도 그래. 너도 나랑 사귄 뒤로는 아무것도 못하지 않니? 팔방으로 놀아야 할 미인이 나 하나하고만 놀았잖아?"

"아무것도 못하다니. 가장 행복한 일을 했어. 너랑 사귀었잖아."

"연애가 인생의 전부는 아니잖아."

"너, 내가 꼰대처럼 말하지 말랬지."

"너랑 사귀는 거 너무 행복하고 좋지만, 이제 그만 만났으면 해."

자유는 전혀 예상하지 못했던 말에 숨이 턱 막혔다.

"뭐, 뭐, 너 지금 나 차는 거야?"

"그래, 바로 그거야. 헤어지자, 우리. 나, 어제 한숨도 못 자고 고민했어. 사실은 그만 만나자가 아니라, 적당히 만나자라고 하려고 했어. 그러니까 학원에서만 만나고, 토요일 일요일 중 하루는 안 만나고—안 만나는 날도 있어야 하는 거 아니냐는 거지—전화는 삼십 분씩만 하고, 메신저는 한 시간 이하로 하고, 문자메시지는 하루에 열 통 이하로 하고, 그런데 그렇게 안 될 것 같아. 아예 안 만나는 것은 가능하지만 조금만 만나는 것은 불가능할 것 같아……."

"너, 내가 안 줘서 그러니? 그래서 그런 거야?"

"그 얘기가 왜 나와. 그거하고는 상관없어. 그건 나도 동의 했잖아."

"그럼 뭐야? 난 이해할 수가 없어!"

"난 이렇게 못 살아. 학교에서 항상 너를 생각하고, 학교 끝나면 너랑 계속 함께 있고, 집에 돌아가서도 계속 전화로 메신저로 너한테 붙잡혀 있고, 주말에도 나만의 시간이 없고, 그래, 난 나만의 시간이 너무 그리워. 너를 만나서 너를 사귀어서 너를 만지고, 그래, 뽀뽀도 해 봤지, 이 모든 것이 좋았어. 하지만 너 때문에 내가 없어졌어."

"바보 같은 자식, 그게 사랑이야. 너와 내가 만나서 우리라는 하나가 되는 것!"

"자유야, 넌 정말 한 번도 우울하지 않았어? 네가 없어져서 괴로운 적이 없었어?"

자유는 좀 놀랐다. 사실 자유도 홍규와 똑같은 생각을 할 때가 많았던 것이다. '나 자신'이 없어진 것 같아서 우울할 때가 많았던 것이다. 이제껏 사랑을 깨뜨리려는 악한에 맞서 사랑을 수호하는 천사처럼 말했지만, 자유의 진심은 홍규의 생각과 거의 비슷했다.

하지만 자유는 끝까지 사랑의 수호천사처럼 굴기로 마음

먹었다. 미안하지만 악역은 남자가 맡아 줘야 되는 거 아니겠어.

"없었어, 없었어! 그게 사랑이야. 나쁜 새끼, 넌 지금 고상한 말로 나를 차는 거야. 내가 싫으면 그냥 싫다고 해. 꼰대들처럼 말하지 말란 말이야. 꺼져, 다시는 내 눈앞에 나타나지 마."

"자유야, 진정해 봐. 이러면 대화가 안 되잖아."

"뭔 놈의 대화. 어서 꺼지란 말이야."

그것으로 자유의 첫 번째 연애는 끝났다. 자유는 기다렸지만 홍규에게서 연락이 오지 않았다. 자유는 도서관 대신 다시 태권도 도장에 나갔다. 학원을 옮기려고 하다가, 홍규가 먼저 학원을 옮겨 버렸다는 것을 알았다. 한 달 동안 거의 메신저 기계로만 사용되던 컴퓨터는, 다시 게임기 노릇을 했다. 휴대폰의 문자메시지 발송, 수신 건수는 50분의 1로 줄었다. 자유도 홍규에게 연락을 전혀 하지 않았던 것이다.

자유는 홍규가 자주 생각났지만, 사무칠 정도는 아니었다.

자유는 홍규와 나누었던 수많은 얘기들을 빠른 속도로 잊어갔다. 그런데 이 대화 하나만은 쉽사리 잊혀지지가 않았다.

"나는 못 태어날 뻔했어. 우리 할아버지, 할머니, 아빠, 엄마 이 네 사람 중 단 한 사람이라도 첫사랑이 이루어졌다면. 우습지 않아?"

"그러니까 다 거짓말이야, 사랑은 영원하다는 거."

"그래 다 거짓말이야. 첫사랑도 별거 아냐. 사랑 중에서도 가장 순결하고 아름다운 사랑이 첫사랑이라고? 다 개소리 아니냔 말이야."

자유는 나중에 생각했다. 내가 사랑했던 홍규야! 개소리가 아니야. 우리 31일간의 사랑은, 딱 한 달이 걸린 첫사랑은, 순결하고 아름다웠잖아.

첫사랑에서, 너나 나나 사랑이, 아니 그 사랑의 표현 형식인 연애가, 얼마나 지루하고 힘든지 배웠어. 너와 내가 만나하나 혹은 우리가 되는 게 아니라, 너도 없애 버리고, 나도 없애 버리고, 그래서 마치 연애라는 괴물 뱃속에서 허우적대는 듯한 우울함에 시달렸어. 헛된 시간이 아니었을 거야. 너나 나나 다시 연애를 할 때는 좀더 잘할 수 있을 거라는 생각이 들어. 나를 없애지 않으면서 적당히, 적당히.

하지만 그런 지극히 이성적인 사랑이, 그러니까 계산적인 사랑이, 우리들의 처음 연애처럼 순결하고 아름다울 수 있을까? 처음 연애는 정말이지 처음 하는 연애이기 때문에, 아는 것이 거의 없기 때문에, 순결하고 아름다웠던 게 아닐까?

그러니까 처음 연애는 영원한 거야. 홍규야, 너랑 나랑 다시 사귀는 일은 없겠지만, 우리의 한 달간의 연애를 어떻게 잊을 수 있겠니? 안 그래, 내 사랑 홍규야.

1318의 사랑 역사

사춘기

우리나라에 지금과 같은 학제(6년·3년·3년·4년)가 성립된 것은 1949년이었다. 그 이전엔 중학교가 없었고, 소년소녀들은 초등학교 졸업과 동시에 어른이 되어서, 사춘기도 없었다. 중학교를 만들자는 법은 생겼지만 교육시설이 미비했다. 60년대에 들어서야 전국 방방곡곡에 중학교가 생겼다. 중학교의 등장은 1318의 사랑 역사에 혁명과도 같은 사건이었다.

소년소녀들은 금방 어른이 되지 않을 수 있었다. 중학교라는 곳에서 열서너 살에서 열예닐곱 살 때를 보내게 된 것이다. 중학교는 자연스럽게 사춘기—13~16세의 시기, 몸의 생식기능이 거의 완성되며 이성에 관심을 가지게 되는 시기—

를 탄생시켰다.

과거에도 남녀공학보다는 남자만 다니는 중학교, 여자만 다니는 중학교가 훨씬 많았다. 하지만 사춘기들은 등하굣길에 얼마든지 마주칠 수 있었다. 통학 버스나 통학 기차를 타고 다니던 중학생들은 행운아였다. 그들은 버스가, 기차가 밤새도록 달리기를 기원하며 이성에게 불타는 눈길을 날렸다. 특히 콩나물 버스를 타고 다니던 학생들의 행복은 하늘을 찌를 듯했다. 요새 출퇴근 시간의 지하철을 방불케 하는 버스 속에서, 사춘기들은 몽롱하게 취해 갔다.

하지만 60년대는 아직 중학교에 갈 수 있는 사춘기들이 많지 않았다. 여전히 보릿고개 시절이라 하여 못 먹고 못살았다. 많은 사춘기들이 가정 형편상 중학교에 갈 수 없었다. 게다가 중학교는 요새 대학 입시와 맞먹는 어려운 시험을 치러야 들어갈 수 있었다. 이 중학교에 가지 못한 사춘기들은, 등하굣길의 또래들이 교복을 입고 활개치는 모습을 부러운 눈으로 바라만 보았다.

이때 신분이 서로 다른 이팔청춘들을 위해 국가가 베풀어준 만남의 장이 있었다. 그것은 4H클럽이었다. 우리나라에 4H운동이 처음 소개된 것은 미군정 때였고, 1952년 정부가 국책 사업으로 채택함으로써 전국적으로 확산되었으며, 1970년에 새마을운동과 결합함으로써 날개를 단 듯하게 되었다.

4H는 Head(두뇌), Heart(마음), Hand(손), Health(건강)의 약자다. 1318은 4H중앙경진대회에서 상을 타고야 말겠다는 핑계를 대고 당당히 만날 수 있었다. 1318은 마을의 명예를 빛내기 위해서 머리를 맞대고 매스게임 프로그램을 짰다. '두뇌'와 '마음'이 그 어떤 세대보다도 '건강'한 1318은 '손'에 '손'을 잡고 연습을 했다. 연습 마당에서는 항상 전기가 흐르고 불꽃이 튀었다.

1318이 모여 있는 것만 봐도 눈에 쌍불을 켜고 야단이던 어른들도 4H의 기치 아래 모인 1318에게만은 감히 뭐라 말을 하지 못했다. 4H는 사춘기의 이팔청춘들을 차별하지 않았다. 중학생과 사회 직행인으로 나뉘었던 사춘기들은 4H의 깃발 아래서 다시 만났던 것이다.

1968년부터 중학교 무시험 입학제도가 실시되었다. 1970년대에는 새마을운동과 경제개발 5개년 계획의 성과로 중학교가 없는 곳이 없게 되었다. '국민교육 이념'이 강조되면서 거의 모든 아이들이 중학교는 기본적으로 다닐 수 있게 되었다.

중학교는 이제 확실하게, 1318의 사랑 역사에 있어서, 사랑의 기본 지식을 습득하고 탐구하고 연마하는 시공간이라고 할 수 있게 되었다.

청소년의 성립

열여섯에서 열여덟에 이르는 나이를 편의상 1618이라고 하자. 1618은 고등학교에 다니는 시기다. '70년대까지의 고등학생'과 '80년대부터의 고등학생'은 달랐다. 간단히 말해서 '70년대까지의 고등학생'은 어른이었다. 70년대까지의 고등학교는 지금의 전문대학교와 같은 위치였다. 고등학교를 다니면 좀더 좋은 조건으로 사회생활을 시작할 수 있었다.

그러나 많은 중학생들이 고등학교에 가지 못했다. 많은 1618이 곧바로 공장에 취직을 해 노동자가 되었다.

학생이건 노동자건 어른일 수밖에 없었다는 것이다. 70년대까지는 '청소년'이라는 말이 거의 쓰이지도 않았다.

갓 어른이라고 말할 수밖에 없는 1618의 사랑 이야기는 다채로웠다. 중학교에서 사춘기를 보내며 사랑 공부를 착실히 했던 1618은, 알 거 다 알았기에, 고등학교에서 공장에서 곧바로 사랑할 수 있었다. 하지만 학생과 노동자라는 신분 차이는 컸고, 그 차이는 사랑의 빛깔을 달리했다.

70년대 고등학생 신분의 1618의 사랑 이야기는 '하이틴 영화'로 남아 있다. 70년대에 만들어진 영화는 대부분 하이틴 영화였고, 당시에 '하이틴'은 오늘날의 '1318'과 같은 말이었다.

70년대에 대박을 터트렸던 영화 제목들―'진짜 진짜 좋아해', '고교얄개', '고교 깡돌이', '고교 우량아', '고교 명랑교실', '고교결전 자! 지금부터야', '얄개 행진곡', '여고얄개'—에서도 알 수 있듯이, 하이틴 영화는 낭만적이었고 명랑했고 감상적이었다.

사실 하이틴은 현실적으로 연애하고 사랑하기가 대단히 힘들었다. 군인 아저씨 정권은 학교를 거의 군대처럼 만들어 놓았다. 그리고 당시에도 대학 입시는 고교생에게 어마어마한 스트레스였다. 하이틴 영화들은 하이틴의 현실을 다룬 게 아니라, 하이틴의 이상향을 그려 낸 거였다. 하이틴은 영화관에 가는 게 유일한 낙이었다. 영화관에서 연애 거는 법, 사랑하는 법을 배워 갖고 나왔지만, 군대 같은 사회와 학교인지라, 사용해 볼 도리가 없었다.

그래도 학생 하이틴은 그들의 또래인 공장노동자 1618보다는 행복했다. 공장의 1618은 지옥 같은 환경에서 하루 열서너 시간씩 일하고 파김치가 되었다. 전태일이라는 청년이 70년 겨울에 자신의 온몸에 휘발유를 붓고 불을 붙인 뒤 "근로기준법을 지켜라!", "우리는 기계가 아니다!"라고 외치며 죽어 갔지만, 1618 노동자들은 이후로도 오랫동안 기계처럼 살아야 했다. 그러나 사랑은 그 어떤 조건에서도 피어나는 것, 1618 노동자들도 사랑의 꽃을 피워 냈다. 그들의 사랑은 '하이틴 영화' 같을 수가 없었다. 완전히 어른의 사랑이었다.

기성세대와 역사는 치부(恥部)를 잊고 싶어하기 마련이다. 1618을 열악한 노동 현장에 몰아넣고 돈 버는 기계로 만들어야 했던 시대도, 우리 역사가 망각하고 싶은 치부 중의 하나다. 하지만 찾으려는 사람들에게는 보인다. 그 공장노동자 1618의 노동과 사랑 이야기는 80년대 후반에 베스트셀러가 되었던 소설들에 많이 기록되어 있다.

드디어 본격적으로 청소년이 등장할 시기가 되었다. 80년대부터 고등학생은 더 이상 어른 취급을 받지 못했다. 이제 거의 모든 1618이 고등학교를 다닐 수 있게 되었다. 중학교를 졸업하던 것과 동시에 공장으로 달려가던 서글픈 행렬이 마감되었던 것이다.

고등학교는 예전처럼 전문대학 같은 위치가 아니라, 단지 대학교에 가기 위한 준비 기관으로 전락했다. 따라서 대부분의 1618은 대학 입시를 목표로 하게 되었다. 기성세대는 1618을 대입 수험 준비생으로만 생각했고, 시험과 보충수업과 야간 자율학습으로 학교에 붙들어 매놓아야 할 존재로 여겼다.

90년대부터는 '야간학교', 혹은 '잠은 학교에서 잤으니 진짜로 공부하는 곳'이라고 말할 수 있는 '학원'이 1618의 밤 시간을 통제했다.

1318과 중고등학생을 효과적으로 지도 편달하기 위한 개념으로, 70년대 후반에서 80년대 초반 사이에 '청소년'이라는 말이 등장했다. 그리고 곧 유행어가 되었으며, 교과서에도 '질풍노도의 시기=청소년기'라는 공식이 실렸다.

이상과 같은 까닭에, 어른들이 포함되지 않은, 진정한 청소년(1318, 중고등학생)의 사랑 이야기는, 70년대 말 또는 80년대 초부터 시작된다.

어떻게 연락했는가?

종이 편지는 아주 오랫동안 1318의 절대적인 통신수단이었다. 1318은 등하굣길에, 통학 버스에서, 통학 기차에서, 큐피드의 화살을 맞았다. 숫기 없는 1318은 짝사랑으로 그쳤다. 연습장에나 '오늘도 그대의 보석 같은 눈동자를 보고 심장이 녹는 듯했습니다!'라는 식의 사모 시나 쓰는 것으로 만족했다.

그러나 사랑은 용기 있는 자들이 얻는 것이라는 걸 본능적으로 깨달은 1318은 편지를 썼다. 그 편지를 우체통에 넣을 수는 없었다. 주소도 몰랐지만, 주소를 안다 해도 '사랑하는 그대'의 부모님이 무서웠다. 용감한 1318은 직접 전해 주었다. '그대'의 앞을 가로막고 편지를 불쑥 내미는 식이었다.

하지만 대부분의 1318은 숫기가 부족했다. 때문에 위대한 사랑의 배달부들이 탄생하게 되었다. 사랑의 배달부들은 1318의 우체국 같은 역할을 했다.

모 남학교의 평돌이가 모 여학교의 평순이에게 푹 빠졌다면, 평돌이는 사모의 정을 가득 담은 편지를 써서, 모 남학교의 우체국이라 할 수 있는 배달이에게 가져다 준다. 배달이는 그 편지를 모 여학교의 배순이에게 전달하고, 배순이는 그 편지를 평순이에게 전달해 준다. 만약 평순이가 답장을 쓸 용의가 있다면 순서를 되밟아 평돌이에게 닿게 된다.

큐피드의 화살에 맞지 않은 벗들까지 신경 쓰는 배달부들도 있었다. 이른바 '펜팅'을 주선하는 것이다. 배돌이는 자기 반 벗들에게 자신의 소개를 담은 편지 한 통씩을 전부 쓰게 한다. 배돌이는 배순이에게 이 편지 보따리를 전한다. 배순이는 자기 반에 가서 편지를 한 통씩 나눠 준다. 각기 편지를 받은 벗들은 예의상 모두 답장을 쓴다. 배순이는 이 답장 뭉치를 배돌이에게 전한다. 이렇게 편지가 왔다 갔다 하다 보면, '미팅'으로 발전하는 쌍이 여럿 생기게 되고, 한 학기에 한두 쌍 정도는 사랑의 꽃을 피우고야 말게 된다.

80년대에 들어서 전화 없는 집이 없게 되었다. 많은 1318이 편지라는 연락 방식을 버리고, 간편한 전화를 애용하기 시작했다. 사랑을 얻기 위해서 편지에 온갖 미사여구를 짜내어 적었던 1318은 더 이상 편지에 집착하지 않았다. 이제 한 번이라도 더 만나는 것이 목표니까. 만나자는 말은 전화로도 할 수 있었다.

90년대에 PC 통신이 생겼다가 순식간에 인터넷으로 발전했으며, 손에 들고 다닐 수 있는 전화기가 생겨났다. 하지만 1318에게는 그림의 떡이었다. 용감한 1318이나 PC방에 몰래 들어가서 메일을 확인하고 보내는 정도였다. 2000년대, 1318은 인터넷과 휴대폰의 주요 사용자가 되었다. 인터넷 깔린 컴퓨터가 없는 집이 드물게 되었고, 휴대폰 안 가진 1318도 드물게 된 것이다.

80년 초반까지는 사랑의 대상을 발견하면 가장 먼저 무슨 학교 몇 학년 몇 반인지를 알아내야 했다. 그걸 알아야 편지를 보낼 수 있었다. 80년대에는 전화번호가, 90년대 후반부터는 이메일 주소가 가장 먼저 알아내야 할 것이었다. 2000년대에 가장 먼저 알아내야 할 것은 물론 휴대폰 번호일 것이다.

어디서 만나 무얼 했는가?

예나 지금이나 1318이 가장 마음 편하게 가장 값싸게 그래서 가장 효율적으로 사랑을 속삭일 수 있는 장소는 제과점이었다. 70년대까지만 해도 대부분의 제과점은 말 그대로 '찐빵집' 수준이었다. 1318은 그 찐빵집에서 모락모락 피어오르는 김 사이로 눈빛을 나누었다. 빵이 들어가는 그대의 입에 취했고, 그대의 옷에 밴 빵 향기에 온몸이 녹아내리는 듯했다. 그러나 제과점은 사랑의 초기 단계에나 가는 곳이다.

사귀는 수준으로 발전한 1318은 지금도 마찬가지겠지만 영화관으로 갔다. 어둠 속에서 손을 꼬옥 잡고 전류를 나누느라, 영화 내용은 거의 생각나지 않았다. 옛날엔 한번 들어가면 문 닫을 때까지 있어도 괜찮은 동시 상영 극장이 많았다. 이런 극장에 가면 정오 때 들어가 자정 무렵에 나오는 1318 연인들을 심심치 않게 만날 수 있었다.

진정 사랑에 죽고 사랑에 사는 사이로 발전한 1318은 이제 둘만 오붓하게 즐길 수 있는 장소를 찾아야만 했다. 하지만 그런 곳은 흔하지 않았고, 으슥해서 위험하기도 했다. 군인 아저씨들이 다스리던 우리나라는 위험한 장소가 너무 많았다. 어른들이 가족 단위로 찾는 장소들이 없었던 것은 아니지만, 이런 데를 둘이 다정하게 걸어가다 보면 '호적에 잉크도 안 마른 것들이 연애질한다'고 혼구멍이 날 것을 각오해야 했다.

80년대가 돼서야, 1318 연인들은 숨구멍이 트이게 되었다. 제과점과 영화관을 제외하고도 갈 데가 좀 생겼다. 우선 롤러스케이트장을 얘기해야 한다. 그곳에서는 극장보다 백배는 세게 그대의 손을 잡을 수 있었다. 손뿐인가, 롤러를 타다 보면 자주 넘어질 수밖에 없었고, 자연스럽게 안고 안길 수도 있었다. 같이 넘어져 포개질 수도 있었다. 비록 옷깃에 가려져 있었지만 은밀한 데가 부딪히기도 했다. 꿈 속에서나 가능한 일이 롤러스케이트장에서 이루어졌던 것이다.

그 밖에도 오락실, 탁구장 같은 데가 있었다. 그리고 공공 장소에도 좀더 편히 갈 수 있었다. 교복 자율화 덕분이었다. 광주 시민을 학살하고 대통령이 된 사람이 83년부터 '교복 자율화'를 실시하라고 지시했다. 그러자 이것을 교복을 입히지 말라는 명령으로 해석한 거의 모든 학교에서 교복을 없애 버렸다.

그 이전까지 우리나라의 모든 중고등학생의 교복은 거의 비슷했다. 획일적이고 딱딱한 모습—군대 분위기가 나게 하는—이었다. 여학생복은 '대개 플레어스커트에 흰 칼라, 허리에 벨트를 한 감색 상하의'였고, 남학생복은 '스탠드칼라를 단 검은 상의와 바지'였다. 이렇게 딱 표시 나던 청소년들이 교복을 안 입고 다니자 어른들은 혼란스러웠다. 신체적으로 성숙한 1318 연인들은 조금만 꾸미면 청년 대접을 받으며 아무 데나 갈 수 있었다. 그리고 사복을 입었어도 미성년자 티가 확 나는 1318에게도, 어른들은 좀 너그러워졌다.

옷이란 이상한 구석이 있다. 교복을 입은 청소년을 보면 통제하고 강압하고 싶어지는데, 사복을 입은 청소년을 보면 너그럽게 봐주고 싶어지는 것이다. 어른들의 시각이 느슨해진 틈을 타서, 1318은 좀더 많은 장소에서 좀더 자유롭게 사랑을 속삭일 수 있었던 것이다. 또 공공장소는 더욱 많아졌고, 새로 생긴 공공장소는 1318 연인들에게 개방적이었다. 또한 후미지고 으슥한 곳은 무척 안전해졌다.

80년대 후반에 또 하나의 특기할 만한 1318 사랑의 장이 생겨났다. 87년 민주화 운동은 1318에게도 새바람을 불러일으켰다. 많은 1318이 동아리를 만들었다. 주로 책을 함께 읽고 토론하고 글을 써 문집을 엮어 내는 모임들이었다. 이 모임들은 대체로 남학생 여학생 연합의 형태로 만들어졌고, 많은 연인들을 탄생시켰다.

교복이 없는 시대는 오래가지 않았다. 1986년 2학기부터 학교장의 재량에 따라 교복 착용 여부를 결정하라는 새로운 지시가 떨어졌다. 이후 3년 만에 전국의 거의 모든 학교가 다시 1318에게 교복을 입혔다.

왜 교복을 다시 입혀야만 했을까? 학교가 빈부 격차를 옷으로 드러내는 장소로 바뀌었기 때문에? 학교에서 1318을 효과적으로 통제할 수 없기 때문에? 여러 가지 설이 분분하지만, 암튼 확실한 것은 이제 다시 1318은 교복을 통해 확실히 표시 나는 신분이 되었다는 것이다.

90년대에는 학원을 얘기하지 않을 수 없다. 학원이 학교와 다른 점 중의 하나는, 학원은 완전히 남녀가 함께하는 공간이라는 것이다. 90년대 들어 남녀공학도 많이 생기고, 남녀합반을 운영하는 학교도 많이 생겼지만, 여전히 대부분의 1318은 남학교 아니면 여학교에 다녔다. 학원은 이 불운한 1318을 구원했다.

사랑의 영원불변한 진리 중의 하나가 '님을 봐야 뽕을 딴다'는 것이다. 만날 수 있어야 사랑에 빠질 수 있다. 그 이전 세대는 스스럼없이 만날 수 있는 장소가 부족했기 때문에 사랑에 빠질 기회도 적었다. 학원은 많은 1318에게 사랑에 빠질 수 있는 기회를 제공했다. 함께 공부하는 연인들은 이 얼마나 아름다운가! 연인들은 나란히 붙어 앉아, 벗들은 지겨워하는 학원수업이, 아니 벌써 끝나 간단 말인가, 억울해하며 열심히 공부했다.

교복을 다시 입는 시대가 됐다고 해도, 1318은 학교만 벗어나면 사복을 입을 수 있었다. 90년대 이후 1318은 하도 무섭게 자라 윗세대 청년들보다 체격이 좋았다. 조금만 꾸미면 미성년자로 의심받지도 않았다. 의심한다 해도 1318이 사랑하는 것을 더 이상 나쁘게, 이상하게 쳐다보는 꽉 막힌 어른도 드물어졌다.

90년대 후반부터는 많은 기업들이 1318을 최대 고객으로 대우했다. 1318을 서로 유치하기 위해 전쟁을 벌였다.

1318이 마음만 먹는다면 못 갈 데가 없었고, 만날 수 있는 장소가 수없이 많이 생겼다는 얘기다.

하지만 1318 연인 상당수는 그 이전 세대보다도 갈 수 있는 데가 없었다. 갈 데가 많으면 무엇 하는가? 그곳이 마음 편하게 사랑할 수 있는 곳이어야 한다. 1318을 오라고 손짓하는 곳들은 십중팔구 돈을 요구한다! 그것도 많이. 1318에게 돈은 치명적인 약점이었다.

1318의 사랑을 위협하는 적은 또 있다. 수능시험이다. 녀석은 보이지 않는 굴레처럼 연인들의 목을 휘감고 있다. 사랑을 약속해 놓고도, 수능시험 본 뒤에 본격적으로 만나자며, 사랑을 미룬 연인들이 한둘인가?

이렇게 돈이 부족하거나 수능시험 걱정에 시달리는 연인들이 발견한 만남의 장소가 도서관이다. 돈도 거의 안 들면서 아주 오래 시간을 함께 보내며 공부도 할 수 있는 곳이다. 도서관 시설이 제법 좋아진 덕분이다. 이전 시대의 도서관들은 만남의 장소로 삼기에는 워낙 낙후했다.

2000년대 들어, 인터넷 상용화와 휴대폰 상용화는 1318 연인의 만남에도 큰 영향을 끼쳤다. 이전에는 헤어지면 다시 만날 때까지는 안녕이었다. 그러나 이젠 헤어져도 함께할 수 있다. 얼굴을 보지 못하는 게 안타까울 뿐, 대화를 마음껏 나눌 수 있다. 화상통화 시스템이 일반화되면 얼굴도 마음껏 볼 수 있을 것이다.

직접 만날 때는 별로 대화를 나누지 않던 연인들도, 인터넷과 휴대폰으로 만날 때는 말할 수밖에 없다. 도구를 사용한 만남이, 실제로 만나는 것을 대신해 줄 수는 없겠지만 아쉬움은 충분히 달래 줄 것이다.

자율 사랑의 시대

유사 이래 아주 오랫동안, 1318의 사랑은 결혼을 전제로 했다. 사랑하니까 함께 사는 것이 당연했다. 결혼 적령기가 이팔청춘이던 때, 스무 살 이전이던 때는 말할 것도 없고, 70년대까지만 해도 그런 전제는 자연스러웠다. 70년대에도, 1318의 사랑을 견고하게 유지해 이십대 초반에 가정을 꾸리는 이들이 꽤 많았다.

하지만 결혼 적령기가 이십대 후반으로 늦춰지면서 사정이 달라졌다. 1318의 사랑을 결혼으로 완성하기에는 견뎌야 하는 세월이 너무 길어졌다. 결혼 적령기가 삼십대 초반으로 더욱 늦춰진 오늘날에는 더 말할 필요도 없다. 1318의 사랑을 두고 결혼을 운운하면 정신 나갔다는 소리를 듣는 세상이 되었다.

결혼이라는 전제로부터 자유로워지면서, 1318의 사랑은 그 어떤 세대의 사랑보다도 순수하고 맑고 고울 수 있게 되었다.

사랑은 원래 이유도 목적도 없는 것이다. 바로 지금 그저 서로 좋아서, 끌려서, 애틋하게 그리워서 열렬히 사랑하는 것이다. 1318들은 진정한 사랑—목적이나 이유나 계산이 없는—을 하는 유일한 세대다.

하지만 사랑에는 책임이 따른다. 사랑의 목적이 없어도, 사랑의 결과는 발생할 수밖에 없다. 이전 시대는 기성세대가 눈을 부릅뜨고 1318의 사랑을 감시했다. 거의 군대 같은 나라여서 감시도 충분히 가능했고, 아예 1318의 사랑이 발생하지 못하도록 갖은 방법으로 통제했다.

1318이 사랑을 하면 성적이 떨어질 뿐만 아니라 여러 가지 문제를 일으킬 소지가 다분하다는 것이, 기성세대의 고정관념이었다. 그런 감시와 통제를 뚫고 사랑을 해야 했으므로, 사랑의 수위는 그다지 높지 않았다.

사랑이란 게 원래 그렇다. 얼굴 보면 손잡고 싶고, 손잡으면 다른 데도 좀 만지고 싶고, 입술도 포개 보고 싶고, 하고 싶은 게 점점 많아진다. 그리고 사랑을 하다가 사랑 이외의 일—공부, 교우 관계, 가족 관계—은 파탄 날 수도 있다. 이 위험한 사랑 곡예를, 과거엔 기성세대가 감시하고 통제해 주었지만, 이젠 1318 연인들 스스로 감시하고 통제해야 한다.

1318의 사랑은 오래 진통 끝에 마음껏 사랑할 수 있는 환경을 얻어 낸 대신, 사랑의 모습과 결과에 스스로 책임을 져야 하는 자율 사랑의 시대에 다다른 것이다.

1318의 사랑 역사는 또 어떻게 변화할지 모른다. 가공할 만한 첨단 기술의 발전은 1318의 사랑 빛깔과 내용을, 오늘날과 전혀 다른 모습으로 바꿔 놓을 수도 있다. 하지만 자율 사랑의 시대는 한동안 계속될 것이며, 앞으로도 1318 연인들은 때 묻지 않은 아름다운 사랑 이야기들을 환하게 피워 낼 것이다.

—김종광

『처음 연애』는 2008년에 나온 짧은소설 모음집입니다. 청소년의 연애를 주제로 열두 편의 이야기를 묶은 옴니버스 소설입니다. 중1~고3 나이의 남녀가 사랑하는 이야기에 한국 현대사를 소박하게 담았습니다. 청소년이 재미있게 읽고 나서 이 소설에 언급된 역사적 사건을 궁금해하고 찾아서 공부하도록 유혹하고 싶었습니다.

참고로 이 소설의 배경이 된 역사적 사건은 4.19혁명, 60~80년대 노동자들의 투쟁, 80년대의 민주화운동, 전교조 출범, 90년대 대학생운동, 아이엠에프 국가부도사태, 2002년의 월드컵 등입니다.

멋진 출판사 '써네스트'가 재출간을 결정해주었습니다. 『처음 연애』가 2020년대 청소년에게도 읽힐 만한 이야기임을 인정받은 것 같아 무척 기쁘고 감사합니다.

이 책이 나온 후, '1318사랑의 역사'에 혁명적인 사건이 있었습니다. 스마트폰(컴퓨터+휴대폰+인터넷)이 대중화된 것이죠. 소셜네트워크 세상이 열렸습니다. 청소년의 연애도 차원이 달라졌습니다. 그리고 2020년엔 코로나19로 비대면사회가 열렸습니다. 청소년의 사랑에도 변화가 불가피해졌습니다.

13년 동안 너무 많은 일이 있었습니다. 21세기 현대사를 배경으로 한 '처음 연애 2'를 써야겠다고 결심했습니다만, 우선 2010년대 청소년들의 이야기한 편을 재출간 『처음 연애』에 추가했습니다. 추가된 소설은 〈코로나 연애〉입니다.

이 책을 읽는 고마운 청소년 여러분, 이야기들이 재미있기를 비손합니다.